Anne Becker

Luftmaschentage

Anne Becker studierte Sonderpädagogik in Heidelberg. Sie arbeitet als Förderschullehrerin und lebt mit ihrer Familie im Ruhrgebiet. Mit ihrem ersten Roman »Die beste Bahn meines Lebens« war sie für den Deutschen Jugendliteraturpreis nominiert.

Dieses Buch ist erhältlich als:
ISBN 978-3-407-75759-3 Print
ISBN 978-3-407-75760-9 E-Book (EPUB)

© 2023 Beltz & Gelberg
in der Verlagsgruppe Beltz · Weinheim Basel
Werderstraße 10, 69469 Weinheim
Alle Rechte vorbehalten
Dieses Werk wurde vermittelt durch *Paula Peretti Literarische Agentur*, Köln
Einbandgestaltung: Regina Kehn
Herstellung: Nancy Aprile
Satz: Nancy Aprile, Rooda Lee
Druck und Bindung: Beltz Grafische Betriebe, Bad Langensalza
Beltz Grafische Betriebe ist ein klimaneutrales Unternehmen
(ID 15985-2104-100).
Printed in Germany
1 2 3 4 5   27 26 25 24 23

Weitere Informationen zu unseren Autor:innen und Titeln
finden Sie unter: www.beltz.de

Anne Becker

LUFT MASCHEN TAGE

BELTZ
& Gelberg

Sprachnachrichten am letzten Tag mit Ricci

Matea, 14:02

Ich weiß, ich hab Mist gebaut.

Tut mir leid.

Aber vielleicht, wenn du ... Vielleicht erklärst du es mir.

Irgendwann. Was da eigentlich genau los war

Matea, 20:23

He, ich bin's nochmal. Geht's dir besser??? Hast du noch Fieber??

Matea, 21:30

Meld dich einfach, okay? Wenn's dir besser geht. Du nicht mehr sauer bist

Matea, 22:46

Ziemlich leer und still hier.

Ohne dich.

Kann nicht einschlafen

Erster Tag mit Ricci

Irgendwie lief nichts nach Plan.

Meine Finger waren steif gefroren. Meine Hose klebte feucht an meinem Hintern. Und ich hatte schon vier Mal versucht, in dem mickrigen Licht der Straßenlaterne einen neuen Faden einzufädeln. Aber das Schlimmste war: Der Brockner konnte jederzeit nach Hause kommen. Von seinem Wohnzimmerfenster aus hatte er einen prächtigen Blick auf den Baum, in dem ich saß.

Also höchste Zeit, fertig zu werden. Ich lutschte den Faden an. Eklige Wollfussel blieben in meinem Mund hängen, aber wenigstens rutschte das feuchte Ding jetzt endlich durch die Nadel. Mit zwei Fingern versuchte ich, die Fussel aus meinem Mund zu fischen.

»Was zur Hölle machst du da?«, fragte plötzlich jemand von unten.

Ich zuckte zusammen. Die Nadel fiel mir aus der Hand und verschwand irgendwo im Gras unter dem Baum.

Schnell klammerte ich mich am Ast über mir fest, beugte mich vor und starrte in die Dunkelheit. Direkt unter dem Baum stand eine schwarze Gestalt, aber erst, als ihre Kapuze ein bisschen verrutschte, erkannte ich sie: Riccarda. Die komische Neue aus meiner Klasse.

»Ziehst du dem Baum 'nen Pulli an? Damit er nicht friert oder was?«

Ich antwortete nicht. Natürlich nicht. Das lag an Madame Schüchtern, der Tiefseekrake in meinem Bauch. Sie hatte sich vor Schreck zu einem großen, harten Ball zusammengerollt. Schon klar, dass es die nicht in echt gab. Aber der riesige Kloß, der von unten gegen meinen Hals drückte, fühlte sich genau so an - Antworten unmöglich. Und außerdem war das eine total bescheuerte Frage.

Langsam rutschte ich auf dem Ast Richtung Stamm und versuchte dabei, von oben in dem kurzen, halb gefrorenen Gras den roten Wollfaden zu finden, an dem die Nadel hing.

»Suchst du vielleicht die hier?« Die Nadel blitzte in Riccardas Hand auf. Ich streckte mich nach der Nadel aus, aber Riccarda grinste und zog ihre Hand wieder zurück. Dann holte sie aus und wollte die Nadel gerade in hohem Bogen ins Nirgendwo schmeißen, als der Brockner durch die Dunkelheit brüllte:»Hey! Ich seh dich! Raus aus dem Garten!!«

Ich presste mich mit dem Rücken gegen den Stamm und machte mich ganz klein.

Haub ab!, schrie ich in meinem Kopf Riccarda zu. *Verschwinde!*

Manchmal klappte das. Bei Charlotte zum Beispiel. Dann guckte sie mich an und wusste einfach, was ich dachte, aber nicht sagen konnte.

Bei Riccarda funktionierte das definitiv nicht. Oder vielleicht doch und sie machte deshalb genau das Gegenteil.

»Hier!«, flüsterte sie.»Nimm das blöde Ding. Ich lenk ihn ab.« Sie hielt mir die Nadel hin.

Kaum hatte ich sie, marschierte Riccarda direkt auf den Brockner zu.

»Tut mir leid«, sagte sie, und ihre Stimme hörte sich dabei ganz fremd an, höflich und vorsichtig. »Ich dachte, das hier wäre öffentlich.«

»Ist es auch«, grunzte der Brockner. »Aber bei der Kirche rumgammeln ist trotzdem nicht drin.«

»Ach so. Dann sind Sie der Kirchen-Hausmeister?«

»Küster heißt das.«

Riccarda nickte. »Stimmt. Küster.« Dann seufzte sie theatralisch. »Ich such meinen Kater. Sie haben ihn nicht zufällig gesehen? Ronny, schwarz, rotes Halsband?«

»'ne Katze?«

»Ein Kater. Er ist gestern Morgen nicht nach Hause gekommen.« Riccarda zog die Nase hoch. Heulte die etwa?

»Hier war kein Kater.«

»Okay.« Sie schniefte wieder.

»Aber Kopf hoch. Der taucht schon wieder auf.«

»Okay.« Sogar ihre Stimme zitterte. »Sorry nochmal.«

Sie war wirklich gut. Es hörte sich voll echt an. Sogar Madame Schüchtern genoss Riccardas Show. Sie saß auf ihrem Sofa, alle Tentakeln entspannt von sich gestreckt.

»Das geht schon in Ordnung. Viel Glück noch bei der Suche.« Der Brockner drehte sich um und lief zu seinem Haus zurück.

Erleichtert atmete ich aus und lehnte meinen Kopf gegen den Stamm.

»So ein Idiot«, meinte Riccarda. Sie stand wieder unter meinem Baum und verdrehte die Augen. Das konnte sie ziemlich gut. Man sah nur noch das Weiße.

Ich kicherte. Unhörbar. Nur für mich.

Und dann sagte ich: »Er ist eigentlich ganz nett.«
Laut. Zu Riccarda. Einfach so. Fünf Worte. Eine absolute Sensation.

Auch Madame kniff kurz verwundert die Augen zusammen, dann kramte sie unter ihrem Sofa eine Konfettikanone raus und zündete sie in Lichtgeschwindigkeit. Die rosa Glitzerschnipsel kribbelten durch meinen ganzen Körper. Ich fühlte mich mutig. Und stark. Und unbesiegbar. Ich ...

»Whatever«, meinte da Riccarda gelangweilt und setzte sich die Kapuze wieder auf. Natürlich hatte sie von meiner Sensation überhaupt nichts mitgekriegt. »Du bist mir auf jeden Fall was schuldig.«

Sie grinste und das winzige Steinchen, das auf ihrem Schneidezahn klebte, blitzte auf. Dann verschwand sie Richtung Straße. Ich schaute ihr nach. Das letzte Fitzelchen Konfetti trudelte zu Boden. Madame ließ sich erschöpft von der kurzen Party aufs Sofa fallen, und beim Brockner im Wohnzimmer ging das Licht an.

Schnell nähte ich mit vier, fünf großen Stichen den Rest fest, verknotete die Fadenenden und rutschte vom Baum. Geduckt sprintete ich quer über die Wiese zur Straße. Mein Hintern war mindestens so kalt wie meine Finger. Leider konnte ich nicht sofort nach Hause: Ich musste noch Brot holen.

Brot holen war in Ordnung. Für mich und für Madame. Ich mochte die Bäckerei. Die Wärme dort. Den Geruch nach Brot und Gebäck. Die immer gleichen Wörter: »Einmal das Roggenglück bitte.«

»Geschnitten?«

»Am Stück.«

Zwei Monate üben. Mit Aaron. Zuerst musste er noch mit mir reinkommen. Später reichte es, wenn er vor dem Geschäft auf mich wartete. Und irgendwann fing Madame an, die Bäckerei zu verschlafen. Seitdem war »Einmal das Roggenglück bitte« und »am Stück« kein Problem mehr für mich. Sechs Wörter. Laut.

»Alles gut?«, fragte meine Mutter, als ich das Brot auf den Küchentisch legte.

»Klar.« Ich zog die Jacke aus. »Wie immer.«

»Du hast so lange gebraucht.« Meine Mutter nahm das Brot aus der Tüte und klemmte es direkt in die Brotschneidemaschine. »Hab schon versucht, dich anzurufen.«

»Mein Handy liegt oben. Lädt gerade.«

»Aber Probleme gab es nicht, oder?«

»Mama!«

»Schon gut! Ich freu mich halt, wenn's klappt. Und es dir dabei gut geht.«

»Wow!«, meinte ich. »Deine Tochter spricht mit der Bäckereifachverkäuferin!«

»Das ist doch erst der Anfang.«

Meine Mutter fing an, Brot zu schneiden, hörte aber nach zwei Scheiben schon wieder auf, seufzte und drehte sich zu mir um.

»Du weißt, dass du genau so bleiben kannst, wie du bist, oder, Mats? Auch wenn du da draußen nur beim Bäcker sprichst, ist für mich alles in Ordnung.«

Ich verdrehte die Augen. Nicht ganz so professionell wie

Riccarda. Aber trotzdem. »Schon gut, Mama. Ist das Essen bald fertig? Ich verhungere.«

»Ich bleib auch, wie ich bin«, behauptete plötzlich Aaron hinter mir, ließ seine Sporttasche mitten in der Küche fallen, riss den Kühlschrank auf, trank den Orangensaft direkt aus der Packung, rülpste ultralaut und grinste zufrieden.

»Ich befürchte es«, stöhnte meine Mutter.

»Meinst du damit etwa, du bleibst für immer ungeduscht?«, fragte ich. »Stinkend?«

»Ich wünschte, du würdest auch bei uns einfach mal die Klappe halten.« Er schloss schwungvoll die Kühlschranktür. Ich streckte ihm die Zunge raus. Pech für ihn, dass Madame Schüchtern zu Hause immer in den Tiefschlaf fiel und ich so viel reden konnte, wie ich wollte.

»Wie gut, dass nicht alle unsere Wünsche erfüllt werden«, sagte meine Mutter und wedelte sich mit der Hand vor der Nase rum. »Also geh einfach duschen, Aaron.«

»Du liebst mich doch auch stinkend!«, rief Aaron, als er aus der Küche ging. In der Tür drehte er sich noch einmal um und warf meiner Mutter einen Luftkuss zu. Dann zeigte er auf mich. »Was ist eigentlich mit deiner Hose passiert? Sieht aus, als hättest du ...?«

Schnell bedeckte ich meinen Hintern mit beiden Händen. »Hab mich in was Nasses gesetzt.«

»Auf dem Weg zum Bäcker?« Meine Mutter kniff die Augen zusammen. »Ist *wirklich* alles in Ordnung?«

Mein Vater rettete mich. Einfach, indem er genau in diesem Moment die Haustür aufschloss und »Bin wieder dahaa!« rief.

Schnell schlüpfte ich aus der Küche.

»Danke, Aaron«, zischte ich, als ich mich an ihm vorbei die Treppe hochquetschte.

»Gern geschehen, liebe Mats.« Er holte mich ein und hielt mich an der Kapuze meines Sweatshirts fest. »Erzählst du mir, was du *wirklich* gemacht hast?«

»Träum weiter.« Ich machte mich los und verschwand in meinem Zimmer.

»Ich krieg's eh raus.« Aaron lehnte sich in den Türrahmen und schaute sich neugierig in meinem Zimmer um. Schnell kickte ich den Karton mit den Wollresten unters Bett.

»Alles klar«, sagte er.

»Nichts ist klar.« Ich packte ihn an den Schultern und schob ihn in den Flur. »Und jetzt raus hier, ich zieh mich um.«

Sicherheitshalber schloss ich hinter ihm ab. Ich schlüpfte in eine trockene Hose, bürstete mir die Haare und machte mir einen Pferdeschwanz. Dann betrachtete ich im Spiegel meine Zähne. So ein Glitzersteinchen würde mir bestimmt auch stehen.

Sprachnachrichten am 1. Tag ohne Ricci

Matea, 14:13

Deine Mutter war heute hier. Hat deine Sachen geholt, als ich in der Schule war. Na ja, das weißt du ja wohl eh. Jetzt ist es noch leerer in meinem Zimmer

Matea, 16:52

Meine kleine Holzeule steht nicht mehr im Bücherregal. Hast du gedacht, ich merk das nicht, oder was?
Wann hast du die eingepackt? Gestern? Nachdem du gemerkt hast, dass du aufgeflogen bist? Oder etwa sogar schon früher? Ich glaub's echt nicht

Matea, 16:57

Die hat Aaron mir geschenkt. Also gib sie einfach zurück

2. Tag mit Ricci

Als ich am nächsten Morgen müde in die Küche geschlurft kam, fragte meine Mutter:»Sag mal, ist bei dir in der Klasse eigentlich eine Neue?«

Schlagartig war ich hellwach. Wieso fragte meine Mutter mich frühmorgens nach Riccarda? Wieso fragte sie überhaupt nach Riccarda?

»Kann sein«, sagte ich nur, rutschte zu meinem Vater auf die Küchenbank und goss mir einen Becher Milch ein. Mein Vater starrte weiter auf sein Handy. Morgens war er nicht wirklich gesprächig. Meine Mutter leider schon.

»Und, wie ist die so?«, fragte sie weiter und drückte den Knopf der Kaffeemaschine. Das Mahlwerk röhrte los.

Nervig, dachte ich. *Anders.* Vor allem aber dachte ich: *Madame mag sie.*

Als die Kaffeemaschine fertig war, sagte ich trotzdem bloß:»Weiß nicht«, und schaufelte mir ordentlich Kaba in meine Milch.

»Und wie lange ist die schon da?«

»Keine Ahnung. Zwei Wochen? Wieso?«

»Nur so.« Meine Mutter stellte ihren Kaffee auf den Tisch und ließ sich auf einen Stuhl uns gegenüber fallen. Sie sah ziemlich müde aus und hatte noch ihren Schlafanzug unter der dicken Strickjacke an.

Mein Vater guckte von seinem Handy auf. »War spät gestern, oder? Hab dich gar nicht mehr heimkommen hören.«

Meine Mutter brummte zustimmend, dann sagte sie: »Manchmal würde ich die Sache am liebsten hinschmeißen. Es bewegt sich so wenig.«

Mein Vater goss meiner Mutter Milch in den Kaffee. »Es ist wichtig, dass du für die Kids da bist. Du sagst doch selbst immer: Mit dir reden die, die ...«

»Warte mal«, platzte ich dazwischen. »Du hast Riccarda gestern Abend im Viktoriapark getroffen? Echt?«

Meine Mutter antwortete nicht. Sie trank einen Schluck Kaffee und starrte dann in ihre Tasse. »Kein Kommentar.«

»Pech«, sagte ich und angelte einen Kabaklumpen aus meiner Milch. Ich liebte Kabaklumpen, vor allem, wenn sie innen noch so schön pulvrig waren wie der hier. »Du hast dich schon verplappert.«

»Du behältst es aber für dich, ja?«

Ich ließ den Klumpen auf meiner Zunge zergehen. »Geht klar, Mama«, sagte ich. »Im Nichts-Sagen bin ich einsame Spitze.«

Mein Vater lachte. Meine Mutter lächelte nur erschöpft. Sie musste gestern wirklich sehr spät nach Hause gekommen sein.

Im Viktoriapark war erst nach zehn richtig was los. Irgendwie verrückt, sich das vorzustellen:

Als ich gestern schon in meinem Bett gelegen hatte, war Riccarda noch draußen unterwegs gewesen. Bei dieser Kälte. Ob sie rauchte? Oder im Park sogar Alkohol trank?

Das fand ich unheimlich, und eigentlich wollte ich auch gar nicht daran denken. Aber an was anderes denken ging auch nicht. Ich stand auf. »Muss los«, sagte ich.

»Jetzt schon?«, fragte meine Mutter. »Du hast gar nichts gegessen.«

Mit einem großen Schluck trank ich meinen Kaba aus. Ich hielt die leere Tasse hoch.

»Soll ich dir nicht doch ein Brot schmieren?«

Ich aß nie in der Schule. Vor allen anderen den Mund aufreißen und in ein Brot beißen – nein danke. Allein bei der Vorstellung schreckte Madame vom Sofa hoch. Und meine Mutter wusste das. Trotzdem fing sie immer wieder mit ihren Broten an. Das nervte. Heute Morgen nervte es extrem.

Zum Glück kam Aaron mit tropfnassen Haaren und seinem Känguru-T-Shirt in die Küche gepoltert und lenkte meine Mutter ab. »T-Shirt ist ein bisschen wenig heute«, meinte sie und ließ sich den nächsten Kaffee raus. »Und nasse Haare gehen gar nicht.«

»Die App sagt -4 Grad.« Mein Vater hielt sein Handy hoch. »Da kriegst du Eiszapfen am Kopf, Aaron.«

Aaron gähnte nur laut und kippte sich einen Berg Cornflakes in seine Schüssel.

»Also dann«, murmelte ich, ging in den Flur und zog mir Schuhe und die Jacke an. Als ich mir den dicken Schal umwickelte, diskutierten meine Mutter und mein Vater immer noch mit Aaron wegen der nassen Haare. Aaron fand, föhnen sei was für Mädchen. Na dann. Schnell schlüpfte ich durch die Haustür.

Es war so kalt, dass ich nach ein paar Schritten meine Nase nicht mehr spürte, aber hinter der Kirche sah ich schon einen schmalen Streifen am Himmel, orange mit ein bisschen Blau. Bald würde die Sonne aufgehen.

Ich schaute zu meinem Baum. Ich hatte nur helle, warme Farben gewählt und natürlich grün. Alles, was im Februar draußen eben fehlte. Und so strahlten jetzt drei schmale Äste des kleinsten Baumes in violett und gelb und rot, warm eingewickelt in die riesigen, ewig langen Schals, an denen ich zwei Wochen lang mit einer dicken Nadel gehäkelt hatte. Es war wirklich wunderschön und an der Haltestelle bei der Kirche fingen ein paar Leute schon an, Fotos von meinem Baum zu machen.

Ich ging weiter bis zum Marktplatz. Dort wartete ich vor dem Café Kurtz bis zur letzten Minute auf Charlotte. Sie kam immer ziemlich knapp, aber jetzt tauchte sie gar nicht auf, hatte keine Nachricht geschickt und ging auch nicht ans Handy. Heute nervten echt alle. Um trotzdem noch pünktlich in der Schule zu sein, musste ich einen Sprint hinlegen.

»Hast du etwa auf Charlotte gewartet?«, fragte Fabienne, als ich mich keuchend auf meinen Stuhl fallen ließ und mir die Jacke von den Schultern riss. Sie deutete auf den leeren Platz zwischen uns. »Sie ist krank.« Sie knibbelte am Nagellack ihres Daumens. »Also, das hat sie *mir* heute Morgen jedenfalls geschrieben.«

Charlotte war krank? Und hatte Fabienne Bescheid gesagt? Obwohl sie genau wusste, dass ich mir am Markt die Füße abfror? Na toll.

Madame saß direkt schon wieder dick und fett und aufgeblasen auf ihrem Sofa. Schule ohne Charlotte regte sie immer fürchterlich auf. Und Schule ohne Charlotte, aber mit

Fabienne regte sie doppelt auf. Garantiert würde ich heute mal wieder kein einziges Wort rauskriegen.

Es klingelte. Ich legte meine Englischsachen auf den Tisch. Ich fächelte mir mit dem Heft Luft zu. Ich kramte nach einem Taschentuch und putzte mir die Nase.

Und dann kam Riccarda.

»Perfekt«, sagte sie und ließ sich auf den Stuhl zwischen Fabienne und mir plumpsen. Auf Charlottes Stuhl.

Vollkommen entzückt ließ Madame die Luft raus, lehnte sich gemütlich zurück, legte drei ihrer Tentakeln auf dem Couchtisch ab und goss sich Tee ein.

Riccarda schmiss ihren Rucksack unter den Tisch und zog ihre Lederjacke aus.

»Auf keinen Fall bleibst du da sitzen«, fauchte Fabienne.

Riccarda antwortete nicht, sondern bellte einmal leise und knurrte kurz. Es hörte sich ziemlich echt an. Und auch nach Fabienne. Ich kicherte. In mir drin. Fabienne guckte trotzdem mit zusammengekniffenen Augen zu mir. Dann zischte sie wütend: »Du bist so bescheuert, echt, Riccarda. Verzieh dich auf deinen Platz.«

Riccarda saß normalerweise alleine an einem Tisch in der letzten Reihe. »Kein Bock«, sagte sie und kippelte mit dem Stuhl nach hinten. »Außerdem hat Matea nichts dagegen, dass ich hier sitze.« Sie machte mit ihrem rosa Kaugummi eine große Blase und ließ sie platzen. Kaugummi hing ihr von der Nase bis zum Kinn.

Fabienne verzog das Gesicht. »Dein Ernst?«, fragte sie mich. »Hängst du etwa mit der da ab?«

Was geht dich das an, blöde Kuh, antwortete ich.

In echt starrte ich natürlich nur auf meine Tischplatte. Spätestens jetzt merkte Riccarda wahrscheinlich, dass ich einen Knall hatte.

»Blubb, blubb, mal wieder stumm wie ein Fisch,« sagte Fabienne.

Riccarda ließ die Vorderbeine ihres Stuhls mit einem Knall auf den Boden plumpsen. Sie zupfte sich die letzten Kaugummifetzen vom Kinn und steckte sie sich zurück in den Mund. »Soll ich machen, dass sie die Klappe hält?«, fragte sie und zeigte dabei genau auf Fabiennes zusammengekniffenen Mund. Von Riccardas Zeigefinger baumelte ein winziger, dünner Kaugummi-Faden.

»Nimm sofort deine eklige Pfote da weg.« Fabienne schlug nach Riccardas Hand, aber Riccarda zog sie blitzschnell zurück.

Genau in dem Moment tauchte Frau Wachtelmann vor unserem Tisch auf.

Ich hatte gar nicht mitbekommen, dass sie schon im Klassenzimmer war. Das passierte mir sonst nie.

Riccarda drückte stöhnend die Hand an ihren Bauch.

»Soweit ich weiß, ist das nicht dein Platz«, sagte die Wachtelmann zu Riccarda.

Riccarda schüttelte ihre Hand und betrachtete sie. »Ich weiß, aber Charlotte ist nicht da und Matea ...«, sie stöhnte wieder, »oh Mann, tut das weh.«

»Was ist mit deiner Hand?«

»Nichts. Fabienne hat nur ... ich glaub, sie hat mich genau mit dem Ring erwischt.«

»Wie, erwischt?«

»Na ja, sie hat nach meiner Hand geschlagen, und irgendwie ...«

»Ich hab sie nicht geschlagen«, protestierte Fabienne.

Die Wachtelmann seufzte, dann fragte sie mich: »Möchtest du vielleicht was dazu sagen, Matea?«

Madame machte schon immer Ausnahmen. Bei Charlotte. Bei der alten Loose aus unserer Gemeinde. Bei den Bäckereifachverkäuferinnen. Bei Riccarda. Aber nicht bei Lehrern. Auch nicht bei Lehrerinnen. Noch nicht mal bei Frau Wachtelmann. Obwohl Frau Wachtelmann von Anfang an so getan hatte, als sei alles okay, alles entspannt, alles normal. Als gäbe es da gar kein Problem.

Auch jetzt stemmte sich Madame vom Sofa hoch. Riesengroß stand sie da. Sie drückte mein Herz in den Hals. Mein Herzschlag rauschte donnernd durch meine Ohren.

Die Wachtelmann fragte: »Matea?«

Manchmal wünschte ich mir für Gespräche eine Pause-Taste. Dann könnte ich sie so lange anhalten, bis ich ein paar Mal tief durchgeatmet, Madame auf ihr Sofa zurückgeschubst und mir die passenden Sätze aus meinem Kopf geangelt hätte.

»Also gut«, sagte die Wachtelmann. »Noch eine Beschwerde, Fabienne, und du sitzt hinten auf Riccardas Platz. Verstanden?«

Fabienne nickte bloß. Aber in ihrem Schoß ballte sie die Hände so fest zu Fäusten, dass die Knöchel ganz weiß wurden.

Die Wachtelmann ging zum Pult und fing an, im Klassenbuch zu blättern.

»Eins zu null für uns«, meinte Riccarda und klatschte ihr Englischbuch auf den Tisch.

Fühlte sich eher nach Eigentor an.

Neben Riccarda zu sitzen war völlig anders, als ich es erwartet hatte. Sie war vor ein paar Wochen plötzlich in unsere Klasse gekommen, und Frau Wachtelmann hatte sie zuerst neben Mia gesetzt. Aber Mia hatte sich ständig über Riccarda beschwert: dass sie sich zu breit mache, dass sie ihr Lineal geklaut habe, dass sie blöde Bilder male, dass sie abschreibe. Spätestens da hätte ich merken müssen, dass irgendwas nicht stimmte. Niemand war so dumm und schrieb bei Mia ab.

Riccarda saß die meiste Zeit ruhig neben mir und kritzelte mit einem Kuli in ihrem Collegeblock rum. Der Collegeblock war neben dem Englischbuch wohl das Einzige, das sie in ihrem Rucksack dabeihatte. Bio-Buch, Reli-Buch, Hefte, Schnellhefter, Mäppchen – Fehlanzeige. Den Kuli hatte sie sich mit einem »Ich leih mir den mal« von meinem Tisch gegrabscht.

In allen sechs Stunden arbeitete sie konzentriert an ihren Zeichnungen. Wie ich meldete sie sich nie. Aber sie bearbeitete auch keine Arbeitsblätter oder Aufgaben. Und obwohl wir in der ersten Reihe saßen, flog sie nie auf.

Na ja, so gut wie nie.

In der ersten Doppelstunde hockte sich die Wachtelmann vor unseren Tisch. Riccarda hatte zwar das Kritzelblatt schnell unter dem Englischbuch verschwinden lassen, aber die Wachtelmann hatte es längst gesehen.

Sie sagte: »Weißt du, Riccarda, ich habe eigentlich gehofft, hier vorne ist es besser.«

Riccarda ließ sich ihren langen Pony mit der roten Strähne ins Gesicht fallen und zuckte mit den Schultern.

»Versuch es doch wenigstens.« Die Wachtelmann schob das Arbeitsblatt mit den If-Clauses zu ihr hin. Dann schlug sie in Riccardas Buch den Grammatikteil auf und legte es neben das Arbeitsblatt. »Hier kannst du nachgucken. Oder du fragst Matea. Dann klappt es bestimmt.«

Die Knie von der Wachtelmann knackten, als sie sich wieder aufrichtete und zur nächsten Tischreihe ging.

»Hast du 'ne Eins in Englisch oder was?«, fragte Riccarda und zeichnete in Windeseile einen Kackhaufen auf den Rand des Arbeitsblattes.

Hatte ich nicht. Nur in den Arbeiten. Nie auf dem Zeugnis. Wegen der mündlichen Mitarbeit.

Also schüttelte ich den Kopf.

»Du ziehst die Schweigenummer voll durch, was?« Riccarda malte winzige Fliegen, die um den Haufen schwirrten. Eigentlich waren es nur Punkte, aber sie machte es irgendwie so, dass die Punkte wie Fliegen aussahen. Ziemlich genial.

»Du bist echt krass.« Sie schob das Arbeitsblatt wieder unter ihren Collegeblock, ohne auch nur eine einzige Lücke ausgefüllt zu haben.

»Tja.« Sie grinste. Ihr Glitzerstein funkelte. »Ich aber auch.«

Die restlichen Schulstunden sagte sie dann nichts mehr und ließ mich in Ruhe. Was ich ziemlich gut fand.

Kurz vor Schluss aber stupste sie mich an und schob mir unter dem Tisch ein Blatt zu.

Ihre Zeichnung war fertig. Sie hatte einen kleinen, dünnen, struppigen Hund gemalt. Sein Gesicht mit der spitzen Nase und dem missmutig verzogenen Mund war Fabienne so ähnlich, dass sie das Haarband, das Fabienne heute trug, gar nicht mehr hinter die Hundeohren hätte malen müssen.

Ich zwinkerte Riccarda zu und legte den Zettel zurück auf ihren Schoß. Sie nahm den Zettel und schob ihn der Tischreihe hinter uns zu.

Das war nicht gut. Das war gar nicht gut. Ich versuchte, Yasser in der Reihe hinter uns den Zettel wegzuschnappen. Der schob ihn aber schon weiter nach links, zu Leon. Leon kicherte prompt los. Ich kippelte mit dem Stuhl nach hinten und streckte mich. Machte mich ganz lang. Als ich den Zettel mit den Fingerspitzen fast berührte, kippte mein Stuhl um. Er donnerte gegen Yassers Tischbein, und ich knallte auf den Boden, ein fieser Schmerz schoss durch meinen linken Ellbogen, dann regneten Stifte aus Yassers Mäppchen auf meinen Kopf.

Das war definitiv der lauteste Auftritt meiner ganzen Schulkarriere. Madame wirbelte vollkommen panisch in meinem Bauch herum. Mir war schlecht. Und heiß. Mein linker Ellbogen puckerte und es war schlagartig still in der Klasse. Bestimmt gafften alle zu mir. Eine Superkatastrophe.

»Das war eine glatte 1 in der Ausführung«, sagte Leon hinter mir. »Leider nur eine 3 im künstlerischen Ausdruck. Der Schmerzensschrei hat gefehlt. Oder wenigstens ein Fluch. Oder ein winziges, klitzekleines ...«

»Idiot«, zischte Yasser. »Echt, Idiot.« Er stand auf, kroch unter seinen Tisch und sammelte dort seine Stifte auf.

Die Kämpen, unsere Reli-Lehrerin, stellte meinen Stuhl wieder hin. »Alles klar?«, fragte sie.

Ich ließ mir schnell die Haare vors Gesicht fallen. Das reichte der Kämpen wohl als Antwort. Sie ging zurück zur Tafel und erklärte weiter die Hausaufgaben. Zum Glück sparte sie sich die übliche Ansprache, dass genau dieser Unfall zeigte, warum wir nicht kippeln sollten. Dafür war ich ihr echt dankbar. Vorsichtig setzte ich mich auf und schob mit beiden Händen die Stifte, die neben meinem Hintern lagen, Richtung Yasser. »Danke, Matea«, sagte Yasser. Mir wurde direkt noch ein bisschen heißer. Riccarda kniete sich neben mich auf den Boden. »Bist du wirklich okay?«, flüsterte sie. »Du heulst doch nicht, oder?« Sie schob meine Haare zurück, um mein Gesicht zu sehen. Ich stieß sie weg. Leider mit dem linken Ellbogen. Ich biss die Zähne zusammen, zog meinen Rucksack zu mir, angelte blind meinen Block, mein Mäppchen und das Reli-Buch vom Tisch und stopfte alles in den Rucksack.

Als es klingelte, stand ich so schnell auf, dass mir ein bisschen schwummrig wurde. Trotzdem war ich die Erste bei der Tür. Ich wollte nur noch weg, nach Hause, in mein Zimmer.

Erst am Kirchgarten merkte ich, dass Riccarda mir gefolgt war.

»Das ist sooo cool, Matea. Echt«, sagte sie plötzlich hinter mir.

Ich drehte mich um. Sie hatte ihr Handy rausgeholt und machte Fotos von meinem Baum, der in der Sonne kunterbunt strahlte.

»Verrätst du mich?«, fragte ich.

Riccarda ließ ihr Handy sinken. »Du sprichst also doch mit mir. Dachte schon, ich hätte das gestern geträumt.«

Sie machte noch ein Foto. »Leon hat ja behauptet, dass du gar nicht sprechen *kannst*. Leon halt.« Sie verdrehte die Augen. »Aber Yasser hat erzählt, dass du manchmal mit Charlotte redest.«

Yasser, Leon, Riccarda – sie unterhielten sich über mich? Das war gruselig. Weil ich auf gar keinen Fall *darüber* reden wollte, fragte ich noch mal: »Verrätst du mich?«

»Quatsch«, antwortete Riccarda. »So schäbig bin ich jetzt auch nicht drauf.«

»Vorhin schon.«

Riccarda kapierte sofort, dass ich von dem Hundebild redete und stöhnte. »Bist du jetzt Fabiennes beste Freundin oder was?«

»Natürlich nicht.«

»Dann gibt's ja wohl auch kein Problem.«

»Seh ich anders.« Ich drehte mich um und ging weiter nach Hause.

»Ach ja?«, rief Riccarda mir hinterher. »Wie denn bitte schön? Fabienne darf bescheuert sein, aber wir nicht? Ist das dieser Rechte-Backe-linke-Backe-Kram von deiner Kirche?«

Ich antwortete nicht. Ich beschleunigte. Ich rannte. Hinter mir keuchte Riccarda. Sie versuchte tatsächlich, mich einzuholen. »Weißt du«, sie schnappte nach Luft, »das kannst du nämlich bei einer wie Fabienne komplett vergessen. Die hört nie auf. Die wird immer schlimmer, und ...«

Als wir in unsere Straße einbogen, stoppte ich abrupt. Riccarda lief in mich hinein. »Mist.« Sie klammerte sich an mich und wir stolperten zusammen ein paar Schritte. »Das hab ich nicht kommen sehen.«

Ich zog Riccarda hinter mir her in den Durchgang zum Hinterhof unserer Nachbarn. Dort lehnte ich mich an die rissige Betonwand.

Riccarda guckte sich um. »Was machen wir hier?«, fragte sie.

»Warten.«

»Warten?« Sie drehte den Kopf hin und her. »Worauf warten?«

»Dass er geht.«

»Dass wer geht?«

Vorsichtig guckte ich um die Ecke zu unserer Haustür. Auf den Stufen davor saß immer noch der Typ mit dem dunkelgrünen Parka und dem Riesenrucksack und trank Kaffee aus der roten Tasse mit den weißen Punkten.

Unser Haus lag nur eine Querstraße hinter der Kirche. Im Erdgeschoss hatte meine Mutter ihr Pfarrbüro und ein großes Besprechungszimmer und links neben der Klingel, auf der »Familie Matzner« stand, gab es noch eine Klingel, auf der »Pfarrer« eingraviert war. Meine Mutter hatte irgendwann mit weißem Stift ein »in« hinten drangehängt, aber das war schon wieder abgeblättert. Egal, auf welche Klingel man drückte: Es klingelte immer im ganzen Haus, und das ließ sich auch nicht ändern. Behauptete der Brockner.

Also klingelten bei uns jeden Tag alle möglichen Leute. Sie hatten Besprechungen und Gespräche bei meiner Mutter, sammelten Spenden, brauchten Trost oder Hilfe.

Und manche wollten einfach nur einen Kaffee und etwas zu essen. Für die gab es in unserer Küche die rote Tasse mit den weißen Punkten.

»Was macht denn der Spindoktor hier?«, fragte Riccarda.

»Du kennst den?«, fragte ich zurück.

Aber Riccarda hörte mich gar nicht. Sie schrie »Hey! Hannes!« und flitzte um die Ecke.

Der Typ in dem dunkelgrünen Parka, der Typ mit unserer roten Tasse mit den weißen Punkten, also der, der bei meiner Mutter um einen Kaffee und bestimmt auch um ein Butterbrot gebettelt hatte, hob grüßend die Tasse. Als Riccarda vor ihm stand, lächelte er. Seine Zähne waren ziemlich braun.

Langsam ging ich auf die beiden zu.

»Sehen wir uns später?«, fragte gerade Riccarda.

»Klar.« Er trank den Kaffee aus und stellte die Tasse vor unsere Haustür.

»Ich will schließlich eine Revanche.« Riccarda streckte das Kinn vor.

»Die kriegst du.« Der Parka-Mann lachte. Glaub ich jedenfalls. Vielleicht hustete er auch nur. »Wenn du unbedingt wieder verlieren willst.«

Er stand auf, kramte eine Packung Zigaretten aus seinem Parka und steckte sich eine in den Mund. Dann ging er einfach weg.

»Woher kennst du den?«, fragte ich.

»So halt.« Riccarda schaute ihm nach, wie er langsam die Straße runter verschwand. »Spielen Tischtennis. Im Park.«

»Ist der echt Doktor?«, fragte ich weiter.

Riccarda guckte mich erst verwirrt an, dann prustete sie los.

Na toll. Es war definitiv Zeit, Riccarda endlich loszuwerden. Ich ging um sie herum die Stufen hoch zur Haustür und kramte den Schlüssel aus meinem Rucksack.

»Das ist echt gut.« Riccarda lachte immer noch. »Das muss ich ihm unbedingt erzählen.«

Ich schloss die Tür auf.

»Warte mal«, sagte Riccarda und hörte endlich auf zu lachen.

Schnell schlüpfte ich nach drinnen. Nicht schnell genug. Als ich die Tür hinter mir schließen wollte, hatte Riccarda schon den Fuß dazwischen.

»Tut mir leid, dass ich so lachen musste«, sagte Riccarda durch den Türspalt. »Aber ... ich zeig's dir mal, okay? Warum er so genannt wird. Dann musst du bestimmt auch lachen.«

Ich lehnte mich mit dem Rücken gegen die Tür. Ich brauchte dringend eine Pause. Ich drückte gegen die Tür, aber sie bewegte sich kein bisschen.

»Eigentlich wollte ich dich aber was ganz anderes fragen. Wegen Englisch«, sagte Riccarda.

Englisch?

»Ich brauch Nachhilfe.«

Nachhilfe?

»Komm schon, Matea. Du bist mir wegen gestern was schuldig, schon vergessen?«

Nachhilfe war kein Problem, oder? Ein-, zweimal nach der Schule treffen. Vielleicht in der Bibliothek. Ich konnte gut erklären. Das sagte jedenfalls Charlotte immer.

»Klar«, sagte ich.

»Perfekt.« Mit einem Ruck zog Riccarda ihren Fuß aus dem Türspalt. Die Tür donnerte ins Schloss. Der Rums hallte durchs ganze Haus und - zack - stand meine Mutter in ihrer Bürotür. »Und?«, fragte sie.

Ich wusste nicht genau, was sie meinte. Die Schule oder Riccarda. Oder vielleicht sogar den Parka-Mann. Über alles drei wollte ich nicht reden.

»Nichts *und*«, antwortete ich.

Das Telefon in ihrem Büro klingelte. »Wir reden später«, sagte sie und verschwand.

Ich drehte mich um und schaute durch das kleine, runde Fenster der Tür.

Riccarda war nirgends zu sehen. Ich holte einmal tief Luft, stieß mich von der Tür ab und verschwand blitzschnell in meinem Zimmer.

»Habt ihr schon die *Kunst* im Kirchgarten gesehen?«, fragte Aaron beim Abendessen. Dabei machte er mit den Fingern Anführungsstriche in die Luft.

Mein Vater nickte. »Guerilla-Knitting an der Auferstehungskirche. Kaum zu glauben. Aber eigentlich ganz hübsch.«

Ich konzentrierte mich darauf, weiter Butter auf mein Brot zu streichen. Auf keinen Fall durfte ich mich jetzt irgendwie verraten.

»Der Brockner hat sogar jemanden erwischt«, meinte meine Mutter.

»Echt?« Das rutschte mir einfach so raus. Ganz toll. Und total unauffällig.

Meine Mutter nickte langsam und guckte mich mit ihrem Spezialblick an. Der, bei dem ich immer noch glaubte, dass sie in mich reingucken konnte und alles sah – sogar Madame Schüchtern. Ich wusste nicht, ob alle Mütter diesen Blick draufhatten. Oder alle Pfarrerinnen. Oder nur die Mütter, die auch Pfarrerinnen waren. Schnell fing ich an, Leberwurst auf mein Brot zu schmieren.

»Heute Mittag«, fragte meine Mutter, »das war doch die Neue aus deiner Klasse, oder?«

Über Riccarda zu reden war auf jeden Fall besser als über mein geheimes Projekt im Kirchgarten. Deshalb sagte ich: »Ja. Wieso?«

»War die schon mal hier?«

Schnell biss ich von meinem Brot ab. Ich kaute gründlich und dachte nach. *Hier* hieß ja wohl: vor unserer Haustür, oder? Also zuckte ich mit den Schultern, schluckte Leberwurstbrot und sagte: »Weiß nicht. Glaub nicht.«

»Und was wollte die?«

»Wir sind zusammen nach Hause gegangen.«

Meine Mutter schnaubte und schüttelte den Kopf. »Na, klar. Riccarda wohnt in einer komplett andere Richtung, Matea. Und außerdem ...« Sie verstummte und schüttelte wieder den Kopf.

Und das fand ich total bescheuert. Dieses Kopfschütteln. Als würde ich eh nicht durchblicken. »Was außerdem?«

»Du weißt schon, dass sie ziemlich anders ist, oder?«

»Vielleicht gefällt mir das ja?«

»Ich will nur nicht, dass sie dich ausnutzt.«

»Du denkst, nur deshalb kann eine wie *sie* mit jemand wie *mir* nach Hause gehen, oder? Auf keinen Fall könnte sie mich einfach nur nett finden, ja?«

Meine Mutter seufzte. »Sie ist es, die der Brockner im Kirchgarten erwischt hat.«

»Bäume einzuhäkeln ist ja wohl kein Verbrechen. Ist noch nicht mal Sachbeschädigung, sagt Tilda«, meinte Aaron.

Tilda? Welche Tilda? Mein Bruder wurde tatsächlich ein bisschen rot.

»Stimmt«, sagte mein Vater. »Es gibt sogar eine Anweisung der Stadt, diese Art ›Graffiti‹ zu tolerieren.« Solche Sachen wusste auch nur mein Vater. Er arbeitete beim Bauamt.

»Aber es ist eine Grenzüberschreitung.« Meine Mutter spießte ein Stück Gurke auf ihre Gabel. »Und bei Mädchen wie Riccarda weiß man nie, auf welche Ideen sie sonst noch so kommen. Nicht, dass sie dich in irgendwas reinzieht.«

»Mädchen wie Riccarda ... Was soll das denn heißen? Sie geht in meine Klasse und hat sich heute neben mich gesetzt und - tadah! - ich rede mit ihr.«

Da war es plötzlich ganz ruhig am Tisch. Zwei Sensationen auf einmal: Noch nie hatte sich jemand anderes als Charlotte neben mich gesetzt. Noch nie hatte ich mit einem Mädchen geredet, dass ich erst ein paar Tage kannte.

»Und außerdem«, fragte ich in die Stille hinein, »hat der Brockner sie wirklich erwischt? Wie sie gerade im Baum saß oder so?«

»Nein, sie war nur im Kirchgarten und ...« Wenigstens guckte meine Mutter jetzt ein bisschen verlegen. »Wahrscheinlich war sie es, okay? Und ja, es ist nicht schlimm. Wir lassen es sogar dran. Genau, wie Papa es gesagt hat. Trotzdem: Pass einfach ein bisschen auf, ja?«

Ich nahm meinen Teller mit dem angebissenen Leberwurstbrot. »Matea?«

Ich trat mit viel Schwung auf das Mülleimer-Pedal. Der Deckel sprang auf und knallte gegen die Wand.

»Sei vorsichtig, okay? Ich mein, es ist toll, dass du so gut mit ihr klar kommst. Wirklich, aber ...«

Ich schmiss mein Brot in den Müll und knallte den Teller in die Spülmaschine. Dann marschierte ich wortlos aus der Küche.

Ich hasste es, wenn meine Mutter so war. Denn dann fühlte ich mich wirklich nicht normal.

Später kam Aaron in mein Zimmer. Er setzte sich zu mir auf den Sitzsack und klaute mir einen Kopfhörer.

»Hej«, sagte er und stieß mich mit der Schulter an.

Ich boxte ihm auf den Arm. Nur ganz leicht.

Er schaute mit mir das »20 BRILLIANT PHONE HACKS«-Video zu Ende. Dann gab er mir den Kopfhörer wieder zurück.

»Ich find's cool«, sagte er. »Also das mit deiner neuen Freundin.«

»Sie geht nur mit mir in dieselbe Klasse. Deshalb ist sie ja wohl nicht gleich meine Freundin.«

»Na ja, vielleicht wird sie das ja.«

»Vielleicht auch nicht.« Vielleicht blieb es auch nur bei den erpressten Englisch-Nachhilfe-Stunden.

»Genau. Vielleicht auch nicht. Aber das entscheidest du.« Er grinste. »Okay, und ein bisschen auch sie.«

Und Madame. Vor allem Madame.

»Und Mama«, Aaron schüttelte den Kopf, »eigentlich gar nicht.«

»Zu spät«, seufzte ich.

»Quatsch. Sie muss ja nicht alles mitkriegen. Nur so ein Tipp.« Er stemmte sich aus dem Sitzsack hoch.

»Das sagst du so einfach.«

»Du schaffst das schon, kleine Mats.« Er ging zum Regal und öffnete die Dose, in der ich noch Süßigkeiten vom Karnevalszug hatte. »Beratung, auch telefonisch. Macht eine Mini-Chips-Tüte.«

»Das ist meine letzte!« Ich rappelte mich aus dem Sitzsack hoch, aber Aaron flitzte über den Flur in sein Zimmer und schloss ab.

Hoffentlich waren seine Weisheiten meine letzte Chipstüte wert.

Sprachnachrichten am 2. Tag ohne Ricci

Matea, 7:25

Kommst du heute wieder zur Schule???

Matea, 9:50

Wohl nicht.
Ist blöd alleine in der letzten Reihe

Matea, 9:56

Kommst du überhaupt wieder?

Matea, 9:57

Leon fragt übrigens nach dir

Matea, 15:07

Ähm, hi. Nicht sauer sein, ja, aber ich bin heute bei dir vorbei, also nicht richtig nur ... ach, Mist. Bin Viktoriastraße ausgestiegen. Und da war ... Erinnerst du dich noch an den Parka-Mann? Der vor unserer Tür? Der kein Doktor ist, aber so heißt? Der hat auf jeden Fall gesagt, dass ihr weg seid. Also weg weg

Matea, 15:09

Das war echt voll komisch mit dem. Ich steig so aus der Bahn und da sitzt der mit seinem Parka und diesem Riesenrucksack und sagt: Ricci ist weg. Der sieht mich an und sagt das. Ich hab nichts gesagt, klar, oder? Hab nur zurückgeguckt

Matea, 15:10

Egal. Der Parka-Mann, also Hannes? Ist dann in Richtung Viktoriapark. Ich bin noch ein bisschen hinter ihm her. Bis zu den Tischtennisplatten. Da hat er dann seinen Rucksack abgestellt und gespielt.
Wahnsinn! Hast du überhaupt jemals einen von seinen Bällen erwischt?

Matea, 15:12

Und, bist du? Also, stimmt das, was der gesagt hat?

Matea, 23:03

Weißt du, ich mag das, wenn andere über dich reden oder nach dir fragen. Dann bin ich mir sicher, dass du wirklich da warst. Dass du keine Einbildung warst oder so. Oh, Mist, ich rede Quatsch. Bin so müde. Schlaf gut, wo auch immer

3. Tag mit Ricci

Am nächsten Morgen blieb der Platz neben mir leer.

Riccarda tauchte nicht auf.

Und Charlotte auch nicht.

Aber Fabienne.

Als sie ihren Stuhl vom Tisch zog, guckte sie kurz zu mir rüber und schnaubte verächtlich durch die Nase. Dabei sah sie dem Hund von Riccarda verdammt ähnlich.

Mittlerweile war das Bild im Klassenchat gelandet. Gestern Abend hatte ich es mir noch einmal in Ruhe angesehen. Das mit tausend feinen Strichen gezeichnete struppige Fell. Den Mund, der genau im richtigen Fabienne-Winkel nach unten gezogen war. Die spitze Hundenase, die durch einen winzigen Glanzfleck ein bisschen feucht aussah. Es war einfach perfekt.

Fabienne beachtete mich den ganzen Tag nicht. Das war nichts Neues. Wenn wir zu dritt waren, redete sie nur mit Charlotte. Über mich kicherte sie höchstens.

Als sie am Ende der Kunststunde dann auf einmal anfing, mit mir zu reden, sprang Madame vor Schreck vom Sofa auf. Ihre Tentakel schossen unkontrolliert durch die Gegend. Mir wurde schlagartig schlecht.

»Das mit dem Bild wird dir noch leidtun.« Sie sagte das ganz ruhig, obwohl sie bestimmt total wütend war. Niemals sonst hätte sie sich dazu herabgelassen, mich anzusprechen.

Ich schluckte.

Fabienne schnippelte an einer Blume für ihre Collage weiter. »Im Chat behaupten ja manche, es ist nicht von dir, sondern von Riccarda.« Sie verzog angeekelt das Gesicht, schmierte Kleber auf ihre Blume und klatschte sie mit der flachen Hand in ihre Collage. Dann räumte sie ihr Mäppchen ein. In ein paar Minuten würde es klingeln.

Ganz langsam und vorsichtig schob ich die Schnipsel auf meinem Tisch zu einem kleinen Häufchen zusammen. Es war klar, dass Fabienne noch nicht fertig war.

»Aber weißt du was? Ich werd mich trotzdem über dich beschweren. Und wenn es wirklich nicht von dir ist, kannst du es ja immer noch Frau Wachtelmann erzählen.« Sie schulterte ihre große Handtasche. »Du weißt schon: reden. Sprechen. Das, wo man den Mund bewegt. Ansonsten bist du selbst schuld, wenn du Ärger kriegst.«

Ärger? Was für Ärger? Was soll der Mist? In meinem Kopf schimpfte ich so laut, dass Fabienne es eigentlich hören musste. Ich hörte auf mit dem Schnipselschieben und starrte sie an. Aber sie donnerte nur den Stuhl auf den Tisch und marschierte zur Tür raus. So eine blöde Plumpskuh.

Eigentlich war Mittwoch der beste Tag in der Woche. Mädels-Mittwoch, so nannte ihn meine Mutter, weil Aaron bis abends Schule hatte, mein Vater wie immer arbeitete und nur meine Mutter und ich schon mittags zu Hause waren. Am Mädels-Mittwoch aßen wir fast immer süßen Auflauf und saßen lange in der Küche. Manchmal durfte ich einen Kaffee mittrinken, mit ganz viel Milch und ordentlich Zucker. Und ganz manchmal fuhren wir gemütlich mit der Bahn in die Stadt, um zu bummeln. Der Mittwochnachmittag gehörte nur mir.

Als ich aber heute nach Hause kam, war die Küche leer und eine Nachricht ploppte auf meinem Handy auf: Meine Mutter steckte in einer Kirchenkreis-Sitzung fest.

Ganz ehrlich: Das passte mir gut. Ich war nämlich immer noch wütend auf meine Mutter, weil sie so blöd über Riccarda geredet hatte.

Ich schmiss meinen Schulrucksack in den Flur und schmierte mir zwei Brote, eins mit Schinken und Ketchup, eins mit dick Nutella. Das war eigentlich nur am Wochenende erlaubt. Also Ketchup und Nutella.

Dann rief ich Charlotte an. Seit zwei Tagen war sie jetzt schon abgetaucht. Hoffentlich ging es ihr nicht total schlecht, denn ich musste dringend mit ihr über diese Hundebild-Sache reden.

Charlotte drückte mich zweimal weg. Beim dritten Mal ging sie endlich dran.

»Hey«, sagte ich. »Wie geht's dir?«

»Nicht so gut.« Sie hustete. Ziemlich lange und ziemlich heftig.

»Oh nein!« Ich biss von meinem Nutella-Brot ab. »Ich schick dir Fotos von meinen Hausaufgaben.« Das machten wir immer so. Dann musste man nicht einen Berg nacharbeiten, sondern konnte einfach abschreiben.

»Nicht nötig. Hab ich schon.«

In meinem Bauch war plötzlich ein schmerzhafter, kalter Klumpen. Als ob ich einen Eiswürfel in einem Rutsch runtergeschluckt hätte. Und nicht Nutella-Brot.

»Ach, echt?«, fragte ich. Meine Stimme war ein bisschen zittrig.

»Ja. Von Fabienne.«

Wir schwiegen. In der Leitung rauschte es. Ich schob meine Brote auf dem Teller hin und her. Plötzlich hatte ich gar keinen Hunger mehr.

»Hast du schon das mit dem Bild mitgekriegt?«, fragte ich.

»Klar.«

»Und?«

»Was und?«

»Denkst du auch, dass ich es gemalt habe?«

Charlotte lachte und musste schon wieder husten. »Quatsch.«

»Fabienne macht deshalb ziemlichen Stress.«

Schon wieder eine Pause. Ganz schön anstrengend, wenn andere die Pausen machten.

»Die ist bloß sauer, weil sie neben Riccarda sitzen musste«, sagte Charlotte endlich und putzte sich die Nase. »Was sollte das eigentlich?«

Der Eiswürfel in meinem Bauch taute einfach nicht auf. Madame Schüchtern wühlte unter ihrem Sofa schon nach Mütze und Schal.

»Hat sich so ergeben«, antwortete ich.

»Dann pass auf, dass es sich nicht wieder irgendwie so ergibt.«

Ganz kurz überlegte ich, einfach aufzulegen. Aber das hier war schließlich Charlotte. Deshalb fragte ich: »Wieso? Was ist daran bitte schlimm?«

»Hallo? Wir reden hier über Riccarda.«

»Ja, und?«

Charlotte hustete nur.

»Wann kommst du wieder?«, fragte ich schließlich.

»Weiß noch nicht. Denke, morgen oder übermorgen.«

Dann legte sie einfach auf.

Ich stellte den Teller mit meinen Broten in den Kühlschrank und machte mir eine heiße Milch mit extra viel Kaba. Das taute den Eisklumpen in meinem Bauch wieder auf.

Dann ging ich in mein Zimmer. Unter meinem Bett zog ich die Kiste mit der Wolle raus. Ich vergrub beide Hände tief zwischen den flauschigen, weichen, kitzeligen, kratzigen Knäulen. Ich schloss die Augen und atmete den Geruch des Kartons ein. Ich hatte den Karton von der alten Loose geerbt. Sie war kurz nach Weihnachten gestorben, einfach so, weil sie eben alt war. Seitdem stand der Karton unter meinem Bett, aber er roch immer noch nach ihr: nach Küche, Haarspray und ganz am Schluss ein bisschen nach Kölnisch Wasser. Ich vermisste sie. Sie hatte mir das Häkeln und Stricken beigebracht. Da war ich sieben, wir waren gerade umgezogen und ich steckte in einem ziemlichen Durcheinander. In ihrer Küche zu sitzen und an nichts anderes zu denken als an die nächste Masche, nichts anderes zu fühlen als den weichen Faden um meine Finger und die kühlen, glatten Nadeln in den Händen hatten mich beruhigt. Außerdem hatte die alte Loose dem ekligen Gefühl, das seit unserem Umzug in meinem Bauch wohnte, einen Namen gegeben.

Als ich das erste Mal bei ihr klingelte, war ich total außer Atem. Den ganzen Weg war ich gerannt, aus Angst, jemandem zu begegnen, der mich grüßte. Die Wahrscheinlichkeit dafür war ziemlich groß. Obwohl wir erst vor zwei Monaten umgezogen waren, kannten mich gefühlt alle. Ich war die Pfarrerstochter. Sie erwarteten, dass ich zurückgrüßte.

Die alte Loose öffnete die Tür. »Da bist du ja«, sagte sie.

Und ich keuchte: »Da bin ich.« Die alte Loose lachte. Bestimmt war sie genauso überrascht wie ich. Drei Wörter. Sie war die Erste, mit der ich seit dem Umzug redete. Die Erste, die nicht zur Familie gehörte. Mein ganzer Körper kribbelte vor Aufregung.

»Na«, meinte die Loose, »Madame Schüchtern hast du heute wohl zu Hause gelassen.«

Da musste ich auch lachen. Denn ich konnte Madame Schüchtern ganz genau sehen: Eine schwabbelige Riesenkrake, die in meinem Bauch auf einem Sofa lag und schlief. Ihre Tentakeln, von denen mich damals immer mindestens einer erwischte, sobald ich einen Fuß vor die Tür setzte, hingen schlaff bis auf den Boden. »Klar«, kicherte ich, »Madame macht gerade ein Nickerchen.«

Seitdem gab es Madam Schüchtern in meinem Leben.

Ich nahm ein Knäuel olivgrüner Wolle aus der Kiste und schlug die ersten Maschen für mein nächstes Projekt an. Weit kam ich damit allerdings nicht: Nach einer Reihe fester Maschen und einer Reihe Stäbchen klingelte es.

Von meinem Fenster aus hatte ich eine gute Sicht runter zur Haustür. Das war praktisch bei den ganzen komischen Leuten, die bei uns klingelten.

Diesmal stand aber Riccarda auf der Straße und schaute

am Haus hoch. Schnell trat ich einen Schritt vom Fenster weg. Sie klingelte noch einmal. Dann war es eine ganze Weile still. Vorsichtig guckte ich wieder aus dem Fenster. Aber Riccarda war immer noch da. Sie hatte sich auf die Treppe direkt vor unsere Haustür gesetzt. Und am Ende der Straße bog gerade meine Mutter um die Ecke. Und damit war klar, dass sie Riccarda jeden Moment entdecken konnte.

Ich sauste die Treppe runter, schnappte mir meine Jacke und meine Schuhe und riss die Tür auf.

Riccarda, die sich von außen an die Tür gelehnt hatte, quiekte erschrocken auf und kippte rückwärts in den Flur. »Schnell, komm rein«, rief ich und rannte weiter nach unten in den Keller.

Oben schmiss Riccarda die Haustür zu. »Flippst du gerade aus oder was?«

»Wir müssen hinten raus. Sonst sieht uns meine Mutter.«

Riccarda kam im Schneckentempo die Kellertreppe runter. »Warst du etwa ein böses Mädchen und hast Hausarrest?«

Oben steckte meine Mutter den Schlüssel ins Schloss. Ich hielt mir einen Finger vor den Mund. Zum Glück kapierte Riccarda sofort. Ich verschwendete keine Zeit damit, die Schuhe anzuziehen, sondern schleifte Riccarda durch unsere Waschküche zum Hinterausgang. Meine Mutter war jetzt im Flur. Wahrscheinlich ging sie wie immer erst in ihr Büro, um ihre Tasche abzustellen und den Anrufbeantworter abzuhören. Ein bisschen Zeit hatten wir also noch. Wir schlüpften durch den Hinterausgang und dann die paar Stufen hoch in unseren Garten. Die gefrorene Erde stach wie spitze Steine durch meine Socken. Trotzdem rannte ich weiter. Auf keinen Fall sollte meine Mutter uns erwischen. Hinten an der Mauer warf ich voll gangstermäßig erst meine Schuhe und die Jacke über die Mauer, dann kletterte ich hinterher. Als ich auf der anderen Seite runterspringen wollte, meinte Riccarda von unten: »Ist jetzt nicht dein Ernst, oder?« Sie stand breitbeinig und mit verschränkten Armen vor der Mauer. »Seh ich aus wie ein Parcour-Freak, der nur so zum Spaß über Mauern hüpft, oder was?«

Schnell schaute ich zum Wohnzimmer. Niemand zu sehen.

Noch nicht.

Riccarda atmete tief durch. »Na gut, du hast mich überredet«, sagte sie und warf mir ihren Rucksack zu. Dann versuchte sie, sich die Mauer hochzuziehen.

Sie schaffte es, sich oben festzukrallen. Weiter kam sie aber nicht. Sie zappelte ein bisschen mit den Beinen, dann gab sie auf und hing da wie ein schlaffer Sack.

Ich packte Riccarda unter den Achseln und zog sie ein paar Zentimeter weiter auf die Mauer.

»Mach mit!«, keuchte ich.

»Wie denn?« Sie hampelte herum und wurde dadurch nur noch schwerer.

»Versuch, einen Fuß hochzukriegen.«

»Hochzukriegen?«

»Auf die Mauer!«

»Oh Gott!« Sie ächzte. Ihre Fußspitze schob sich auf die Mauer. Ich schnappte mir ihren Fuß und zerrte daran.

Riccarda war schon fast oben, als ich im Wohnzimmer eine Bewegung sah. Mit einem kräftigen Ruck zog ich sie ganz hoch. Es knirschte. Irgendetwas riss. Egal. Ich sprang schnell von der Mauer und jaulte vor Schmerz, als ich auf Socken und mit eiskalten Füßen auf der anderen Seite im Innenhof landete.

»Hey!« Meine Mutter! Sie hatte Riccarda entdeckt.

»Scheiße, Scheiße, Scheiße!«, fluchte Riccarda, rappelte sich hoch und sprang erstaunlich geschickt hinterher. »Warum mach ich das hier eigentlich?«

Sie zog ihren Schlabberpulli hoch und inspizierte ihre Jeans. Ich humpelte zu meinen Schuhen.

»Die ist hin.« Riccarda ließ ihren Pulli wieder runter. »Also, Mats«, fragte sie, »was ist hier der Plan?«

Ich antwortete nicht. Schließlich gab es keinen Plan. Und ich konnte ihr unmöglich sagen, warum meine Mutter sie nicht sehen sollte. Mit steifen Fingern schnürte ich meine Schuhe zu. Dann schlüpfte ich in meine Jacke und ging los.

»Bitte nicht!«, jammerte Riccarda. »Zieh jetzt hier nicht dein Schweige-Ding mit mir durch.«

Madame runzelte die Stirn. Das gefiel ihr nicht.

»Komm schon, Mats. Ich bin todesmutig auf diese Mauer geklettert. Ich bin von was runtergesprungen, das höher als mein Hintern ist. Deine Mutter hält mich für 'nen Einbrecher. Also lass mich nicht betteln und pack den Psycho weg.«

Psycho? Ich blieb abrupt stehen. Madam seufzte theatralisch, ließ sich groß und tonnenschwer aufs Sofa fallen und zog alles in mir mit nach unten.

Riccarda war noch ein paar Schritte gegangen. Jetzt blieb sie auch stehen und drehte sich um. Ganz kurz schaute sie mich an, dann guckte sie auf ihre Schuhspitzen.

»Ich hab was Falsches gesagt, stimmt's?« Sie kickte ein Steinchen zwischen den Füßen hin und her. Rechts, links, rechts, links. »Also«, sie schoss das Steinchen auf die Straße, »was meinst du, was ist schlimmer: Nichts sagen oder das Falsche? Oder gleicht sich das aus? So Yin-und-Yang-mäßig?«

Ich konnte nicht antworten. Jeder mögliche Satz, jedes Wort war begraben unter Madames dickem, plumpem, schwabbeligem Leib.

»Aber weißt du, was auf jeden Fall lustiger ist, also lustiger, als nichts zu sagen? Oder das Falsche?« Sie wackelte mit den Augenbrauen und zog ihren Pulli bis über die Hüften hoch. »Das komplett Falsche zu machen!«

Madame hörte prompt mit ihrem Ich-bin-die-schwerste-Krake-der-Welt-Theater auf und hob den Kopf, um ja nichts zu verpassen.

Riccarda drehte sich mit dem Rücken halb zu mir, halb zur Straße, und als ein Auto kam, streckte sie ihren Hintern raus. Ein riesiges Loch klaffte in ihrer Jeans. Man sah ihre Unterhose, denke ich jedenfalls, denn allzu viel Stoff war da nicht. Das Auto hupte und blendete auf. Riccarda wackelte noch einmal extra mit ihrem Hintern, ließ ihren Pulli wieder runter und kicherte. Und Madame – kicherte einfach mit. Das kribbelte angenehm und warm in meinem Bauch, und mein eigenes Lachen blubberte aus mir heraus.

»Sag ich doch«, meinte Riccarda und kickte noch einen Stein auf die Straße. »Also zurück zu: Wie ist der Plan, Mats?«

Ich zuckte mit den Schultern. »Gibt keinen.«

»Moment mal.« Riccarda schnaufte. »Wir stürzen uns hier halb in den Tod – für nichts?«

Ich zuckte wieder mit den Schultern.

Riccarda legte den Kopf schief. »Wie wär's, wenn wir in die Stadt fahren?«, fragte sie. »Shoppen.«

Riccarda wollte mit dem riesigen Loch in der Hose in die Stadt? Nach der Aktion gerade keine gute Idee. »Weiß nicht«, sagte ich deshalb.

Riccarda ging trotzdem einfach los. »Komm schon!«, rief sie mir nach ein paar Schritten über die Schulter zu. »Sei nicht so langweilig.«

Schnell holte ich sie ein. »Langweilig?«

»Ja, gut«, meinte Riccarda. »Unsere Flucht gerade war spektakulär. Aber das war gerade. Und nicht jetzt.«

»Ach ja?«, fragte ich.

»Und jetzt ist jetzt.«

Riccarda hakte sich bei mir unter. Dann zog sie mich in die nächste Bahn. »Jetzt ist jetzt.«

Wenn ich mit meiner Mutter in die Innenstadt fuhr, stiegen wir entweder am Marienplatz aus oder eine Haltestelle später, am Rathaus. Weiter war ich noch nie gefahren.

Riccarda blieb am Marienplatz sitzen. Also stand ich am Rathaus auf, aber Riccarda hielt mich an der Jacke fest.

»Hier ist es doch öde. Nur Klamotten und so«, sagte sie und zog mich zurück auf den Sitz. Die Türen schlossen sich zischend.

Ruckelnd fuhr die Bahn an, umrundete den Rathausplatz, hielt an der Bücherei und an der Bismarckstraße. Die Läden wurden kleiner. Die Häuser grauer. Es ging Richtung Autobahn.

»Fahren wir zu dir?«, fragte ich. Jemand aus der Klasse hatte behauptet, dass Riccarda in den heruntergekommenen Häusern direkt an der Autobahn wohnte.

»Quatsch«, sagte Riccarda, als wär das die idiotischste Idee überhaupt. Da fragte ich lieber nicht weiter und guckte zum Fenster raus.

An der Haltestelle Viktoriastraße stand Riccarda endlich auf und wir stiegen aus. Ein altes, dreckiges Sofa und ein kaputter Fernseher standen neben der Haltestelle. Im Wartehäuschen saßen drei Männer mit ihren Plastiktüten.

»Die Damen«, sagte der eine und prostete uns mit seiner Bierdose zu.

»Ich denk, wir gehen shoppen«, zischte ich Riccarda zu.

»Klar«, sagte sie. »Ich zeig dir meinen Lieblingsladen.« Sie winkte den drei Männern zu, nahm mich an der Hand und zog mich quer über die Straße. Auch auf der anderen Seite ließ sie mich nicht los, Hand in Hand gingen wir die Straße hinunter, vorbei an einem Wettbüro, einem Nagelstudio, einem Dönerladen. Ich mochte das. Also, dass sie meine Hand hielt. Madame auch. Sie lag auf ihrem Sofa und entspannte sich bei Meeresrauschen und Walgesängen.

An einer Hofdurchfahrt bog Riccarda plötzlich ab und ließ meine Hand los.

»Ich präsentiere!«, rief sie und streckte beide Arme nach vorne.

Zuerst sah ich nur das elektrische Schaukelpferd, das mitten im Hof stand. Es war blau, grinste und hatte weit aufgerissene Augen. Erst dann entdeckte ich den Laden dahinter.

»Was ist das?«, fragte ich.

»Gute Frage.« Riccarda ging zu dem Pferd und kramte etwas aus ihrer Hosentasche. »'ne Runde reiten?«

Auf keinen Fall. Ich schüttelte den Kopf.

»Das Coole ist«, sagte Riccarda und warf etwas in den Münzschlitz, »das Teil ist so alt, das schluckt alles.«

Das Pferd fing ächzend und quietschend an zu wackeln. Riccarda setzte ihren Rucksack ab und schwang sich auf den Pferderücken. Das Riesenloch und ihre Unterhose waren dabei zum Glück nur ganz kurz zu sehen. Natürlich war selbst sie viel zu groß für das Pferd. Ihre Beine hingen bis knapp über dem Boden.

»Yeehaw!«, rief sie und ließ ein Lasso über ihrem Kopf kreisen. Also, sie tat so, als ob. Das Pferd grinste irre und quietschte und schaukelte.

»Ey! Riccarda!«, schrie plötzlich jemand hinter mir.

Erschrocken drehte ich mich um. Ein Mann stand in der Ladentür. Er hatte einen grauen Hausmeisterkittel an und stemmte beide Hände in die Hüfte. »Runter da.«

»Ich hab bezahlt«, sagte Riccarda und tätschelte das Pferd auf den Hintern. »Galopp!«

»Ich weiß, wie du bezahlst. Meinst du vielleicht, ich bin doof?«

Riccarda beugte sich vor und schlang beide Arme um den Pferdehals. »Ist er doof?«, fragte sie das Pferd. »Was meinst du?«

Der Mann schüttelte den Kopf. Er machte ein paar Schritte zur Seite, bückte sich und zog den Stecker. Das Pferd erstarrte zitternd. »Seit du deinen Hintern auf mein Pferd setzt, hole ich Unterlegscheiben aus der Kiste.« Er wedelte mit dem Stecker in Riccardas Richtung. »Also nein. Ich bin nicht doof. Und du hast Pferdverbot.« Er ließ den Stecker fallen und verschwand im Laden.

Mit einem Seufzer rutschte Riccarda vom Pferd. »Zu schade«, sagte sie. »Hoffentlich lässt er mich wenigstens noch rein.«

Zusammen gingen wir in den Laden. Von dem Mann im grauen Kittel keine Spur. Ich schaute mich um. Es sah ein bisschen so aus wie bei der alten Loose. Aber voller. Als hätte jemand das ganze Loose-Haus in ein Zimmer gequetscht. Es gab Teeservices mit Blümchen, Lampen mit bunten Glasschirmen, Sessel mit dunkelgrünem Plüsch, Vasen mit Goldrand und Plastikblumen, eine Vitrine mit einem alten Plattenspieler.

»Cool, oder?«, sagte Riccarda. »Ich liebe dieses Zeug.«

Ich nickte bloß. Eine ältere Frau saß hinter der Vitrine. Als sie uns begrüßte, schaukelten ihre langen Ohrringe hin und her.

»Na, Riccarda«, fragte sie, »Schule aus?«

»Klar, Rosa. Schon längst. Ist doch schon fast dunkel draußen«, antwortete Riccarda und drehte einen kleinen Kerzenständer in den Händen.

»Hausaufgaben gemacht?« Rosa legte den Kopf schief.

»Noch nicht. Mach ich gleich mit Mats.« Riccarda zeigte auf mich. »Die hat den Durchblick.«

»Gut.« Rosa nickte, und ihre Ohrringe schaukelten. Sie lächelte mich an. »Hallo, Mats. Ich bin Rosa und so was wie die Ersatz-Oma, stimmt's, Riccarda?« Ich lächelte zurück. Das ging ganz gut.

»Klar bist du das, Rosa.« Riccarda beugte sich über sie und gab ihr einen Kuss auf den Kopf. »Schließlich kennen wir uns schon 'ne ganze Weile.«

Rosa lachte. »Als du das erste Mal hier warst, bist du noch nicht alleine aufs Pferd gekommen.«

Die Glocke an der Eingangstür klingelte. Ein Mann kam rein. Von der Vitrine aus konnte man nur seine schwarz-gelbe Kappe und darunter seine struppigen Haare sehen.

»Und wie läuft's drüben bei deiner Tante?«, fragte Rosa weiter. »Immer noch ...«

Riccarda unterbrach sie schnell: »Ganz okay. Wir sind dann auch wieder weg.«

Rosa seufzte. »Sei so gut und lass den Kerzenständer hier, wenn du gehst.«

Riccarda hatte den Kerzenständer eingesteckt? Tatsächlich stand er nicht mehr auf der Vitrine.

Riccarda verdrehte die Augen. »Ich denke, du siehst schlecht.« Sie holte den Kerzenständer unter ihrem Pulli raus und stellte ihn direkt vor Rosa.

Rosa schüttelte den Kopf. Ihre Ohrringe klimperten und klirrten. »Also wirklich, Riccarda.«

Hinter dem Regal räusperte sich der Mann mit der Kappe. Riccarda zuckte zusammen.

»Tschüss, Rosa!«, sagte sie hastig, packte mich am Ärmel, zerrte mich aus dem Laden, am Pferd vorbei, durch die Hofdurchfahrt – erst auf der Straße ließ sie mich wieder los.

»Was war das denn?« Ich machte einen Schritt zurück in die Hofdurchfahrt. Es regnete und schneite zugleich. Ich setzte meine Kapuze auf.

»Das war Rosa.« Riccarda ließ sich einfach nassregnen. Ihre Haare klebten schon an ihrem Kopf.

»Nein, ich mein, weswegen sind wir weg? Weil du fast beim Klauen erwischt worden bist?«

»Quatsch! Das ist nur ein kleines Spielchen zwischen Rosa und mir. Ein Running Gag.«

»Dann wegen dem Mann? Sind wir vor dem abgehauen?«

»Quetschst du mich jetzt auch aus wie Rosa?«, fauchte Riccarda und ging einfach los. Zur Haltestelle mussten wir links rum. Sie lief aber nach rechts.

Ich zögerte. Ich hatte keine Lust, im Regen rumzulaufen. Aber alleine an die Haltestelle zurück wollte ich auch nicht. Also rechts. Mit einem kurzen Sprint holte ich Riccarda ein.

Wir liefen durch Nebenstraßen und Schleichwege bis zur Bismarckstraße zurück. Ohne Riccarda hätte ich den Weg niemals gefunden. Nach ein paar Minuten hatte ich die Orientierung verloren und alles an mir war nass. Sogar meine Schuhe quietschten und schmatzten bei jedem Schritt. Riccarda war immer einen halben Schritt vor mir. Sie schwieg. Das war okay. Schweigen konnte ich schließlich auch ziemlich gut. Trotzdem war ich froh, als sie an der Bismarckstraße auf die wartende Bahn zeigte und meinte: »Genug gelatscht. Lass uns einsteigen.«

Die kurze Bahnfahrt bis zu mir reichte gerade so, um die nassen Klamotten ein bisschen anzuwärmen. Beim Aussteigen war es dann doppelt kalt.

Bibbernd liefen wir die letzten Meter von der Haltestelle nach Hause.

»Rosa ist echt in Ordnung«, meinte Riccarda plötzlich.

»Okay«, antwortete ich nur. Ich hatte Angst, wieder etwas Falsches zu sagen.

»Und Walter eigentlich auch. Ich mach oft Hausaufgaben im Laden, räum manchmal Regale ein, so was.«

»Ist Walter der mit dem Stecker?«, fragte ich.

Riccarda lachte kurz. Dann klapperte sie weiter mit den Zähnen. »Stecker-Walter. Genau.«

Wir bogen in unsere Straße ein. Ich blieb stehen und hielt Riccarda am Ärmel fest. »Lass uns überlegen, wie wir reinkommen.«

»Auf keinen Fall klettere ich wieder irgendwo drüber.« Sie hauchte in ihre Hände. Es war echt saukalt. »Lass uns was Neues probieren.«

»Und was?«

»Durch die Tür gehen.« Sie lief einfach los, auf unsere Haustür zu.

»Warte! Ich hab keinen Schlüssel.«

»Wozu gibt's Klingeln!«, meinte Riccarda und senkte ihren Finger auf den Klingelknopf. Als ich bei ihr ankam, klingelte sie schon Sturm.

»Scheiß drauf«, murmelte ich.

»Gute Einstellung«, sagte Riccarda und ließ endlich den Knopf los.

Unsere Haustür wurde aufgerissen. »Geht's noch?«

Das war schon mal nicht meine Mutter. Das war Aaron. »Ist für mich!«, schrie er schnell in den Hausflur. Manchmal gab es nichts Besseres als einen großen Bruder. Er checkte kurz, ob meine Mutter auch im Büro blieb, und winkte uns dann rein.

»Total unauffällig, Mats, wirklich«, sagte er zu mir.

»Riccarda ist nicht so für unauffällig«, antwortete ich.

»Cooles Shirt.« Riccarda zeigte auf Aarons Känguru-T-Shirt.

»Coole Frisur.« Aaron schnipste gegen Riccardas rote Strähne. Riccarda grinste. Aaron grinste.

Wirklich super. Ich ließ Riccarda bei ihrem neuen besten Freund stehen und marschierte runter in die Waschküche, zog Pulli und Jeans aus und stopfte sie in den Trockner.

Riccarda kam die Treppe runtergepoltert. »Warte, ich tu meins gleich mit dazu.« Sie kickte ihre Boots von den Füßen und schlüpfte aus ihrer Jeans. Sie schmiss ihre Jeans in den Trockner und zog ihren schlabbrigen Kapuzenpulli aus. Und dann sah ich ihre Unterhose. Also komplett.

Meine Unterhosen haben auch schon eine ganze Weile keine Herzchen und Einhörner mehr. Sie sind eher so einfarbig. Blau oder schwarz oder grau. Vielleicht auch mal gestreift.

Riccardas Unterhose hatte am Bauch und unten an den Beinen eine breite, schwarze Spitze, so dass vorne fast alles durchsichtig war, aber eben nur fast. Es gab noch ein Fitzelchen grellpink glänzenden Stoff, das das Wichtigste zudeckte.

»Gefällt's dir?«, fragte Riccarda und wackelte mit dem Hintern. Madame kicherte schon wieder. Ich drehte mich schnell weg und schubste die Trocknertür zu. »Du kannst meine Jogginghose haben.« Ich wühlte in dem Korb mit sauberer Wäsche.

»Für dich würd ich auch weiter so rumlaufen.« Sie zog ihr T-Shirt ein Stückchen hoch und ließ die Hüfte kreisen.

»Boah, Riccarda!« Ich warf ihr die Jogginghose zu.

»Du stehst drauf, Mats.« Als sie sich bückte und in die Hose schlüpfte, streckte sie mir extra weit ihren Hintern in dem Spitzentanga entgegen.

Ich musste einfach lachen. »Du bist echt so was von peinlich.«

Riccarda zog die Hose hoch und richtete sich auf. »Du bist voll rot. Echt süß.«

»Ich bin nicht rot«, sagte ich, obwohl ich merkte, dass mein Gesicht ziemlich heiß war. »Steht dir.« Ich nickte in Richtung Jogginghose.

Riccarda schaute an sich herunter. Obenrum spannte die Hose an den Nähten. Hoffentlich hielt sie, wenn Riccarda sich setzte. Untenrum schleifte sie auf dem Boden und knubbelte sich um die Knöchel.

»Perfekt.« Riccarda grinste. »Betont meine Schokoladenseiten.«

Hinternwackelnd stolzierte sie aus dem Keller.

Anscheinend war sie wieder ganz Riccarda.

»Ist Charlotte echt deine Freundin?«, fragte Riccarda. Sie stand in meinem Zimmer vor der Pinnwand und starrte das Foto von Charlotte und mir an. Es war mein Lieblingsfoto vom letzten Sommer. Wir sahen cool aus mit Bikini und Sonnenbrille, die Haare mit genau den gleichen Tüchern zurückgebunden.

»Klar«, sagte ich und ließ mich in den Sitzsack am Fenster plumpsen.

»Okay.« Das hörte sich mehr wie eine Frage an.

»Schon immer. Meine Mutter ist mit ihrer Mutter befreundet«, sagte ich deshalb.

»Okay«, sagte Riccarda wieder und wanderte weiter durch mein Zimmer. Irgendwie musste sie alles anfassen: Meinen Sessel, den Schlüssel von meinem Kleiderschrank, die Holzeule, die Aaron mir zum Geburtstag geschenkt hatte.

»Und was ist mit Fabienne?«, fragte sie weiter.

»Die ist ganz bestimmt nicht meine Freundin«, stellte ich schnell klar.

»Aber Charlottes, oder?«

»Irgendwie schon.« Ich schluckte. Schon wenn ich an Fabienne dachte, fing Madame an, sich unruhig auf dem Sofa hin und her zu wälzen.

»Also hast du Fabienne an der Backe.« Riccarda hörte auf rumzulaufen und ließ sich neben mich auf den Sitzsack fallen. Sie sank tief ein, und ich kippte ein Stückchen zu ihr. »Das ist echt beschissen.«

Ich nickte. »Fabienne will sich übrigens bei der Wachtelmann beschweren. Wegen dem Bild.«

»Ach, echt? Soll sie doch.«

»Sie behauptet, dass ich es gemalt habe.«

»Was? So eine gemeine Kuh! Dann sagst du eben der Wachtelmann, dass es nicht von dir ist. Ganz einfach.«

Nichts daran war einfach. Nicht für mich. Trotzdem nickte ich nur und angelte schnell mein Englischbuch vom Schreibtisch. »Wo warst du eigentlich heute Morgen?« Meine Stimme hörte sich zusammengequetscht an. Ich räusperte mich. Blätterte in meinem Englischbuch.

»Musste ein paar Sachen holen«, antwortete Riccarda.

»Die waren noch in unserer alten Wohnung. Bei meinem Vater. Und morgens ist der nicht da, also ...«

Sie zog ihren Rucksack zu sich und fing an, darin zu wühlen. Sah nicht so aus, als wollte sie weiter darüber sprechen. Als sie bei der kleinen Vordertasche ihres Rucksacks angekommen war, fand sie dort tatsächlich ihr If-Clauses-Arbeitsblatt. Es war zweimal gefaltet und in der einen Ecke klebte etwas Dunkles, Fettiges.

Ich legte mein Englischbuch zwischen uns. »Dann fangen wir mal an.«

»Juchhu.« Riccarda seufzte gequält und faltete das Arbeitsblatt auseinander.

Und dann fingen wir an.

Sofort merkte ich: Riccarda verstand alles ziemlich schnell. Sie malte zwar zu dem Kackhaufen noch den passenden Hundehintern auf das Arbeitsblatt, während ich erklärte, aber am Ende nickte sie und legte einfach los.

Der Punkt war: Sie konnte die unregelmäßigen Verben nicht. Also gar nicht. Sie guckte hinten im Englischbuch nach. Auch bei den regelmäßigen. Die da natürlich nicht standen.

»Die unregelmäßigen solltest du mal lernen«, sagte ich deshalb zu ihr. »Bei der Arbeit kannst du nicht nachschlagen.«

»*Du solltest mal lernen*«, äffte Riccarda mich nach.

»Stimmt doch.«

»Klar. Aber spar dir einfach deine Supertipps, Mats. Die nerven.«

»Tja, wenn du die unregelmäßigen Verben nicht lernst,

kannst du die If-Clauses gleich vergessen.« Ich zögerte. Dann schob ich hinterher: »Ricci.« Schließlich nannte sie mich heute auch ständig Mats.

»Aaaaah!« Riccarda ließ sich nach hinten auf den Sitzsack fallen. Fast wäre ich auch rückwärts umgekippt. Sie presste sich die Fäuste auf die Augen. Weinte sie?

Sie holte einmal tief Luft. Dann noch einmal. Dann sagte sie: »Weißt du, Ricci nennt mich eigentlich nur mein Vater.«

»Ist das gut oder schlecht?«

»Beides.« Sie nahm die Fäuste von den Augen. »Ich mag den Spitznamen. Ricci. Aber mein Vater – er hat krasse Sachen gemacht, als er sich das letzte Mal mit meiner Mutter gestritten hat.«

Ganz kurz überlegte ich, nachzufragen. Aber dann entschied ich mich für:

»Soll ich dich lieber nicht mehr so nennen?«

»Doch.« Riccarda setzte sich wieder hin. »Gefällt mir. Ricci & Mats. Passt doch gut.«

»Richtig gut.« Das stimmte. Zu hundert Prozent. Und war total verrückt. Auch zu hundert Prozent.

Ricci lehnte sich zu mir und legte ihren Kopf auf meiner Schulter ab. Ganz bisschen nur. Trotzdem kitzelten ihre Haare an meinem Hals und ich konnte fühlen, wie sie atmete.

Madame löschte prompt mit einer Tentakel das Licht und knipste mit einer anderen die Herzchenlichterkette hinter ihrem Sofa an. Hitze kroch aus meinem Bauch in meine Brust. Manchmal war Madame wirklich albern und peinlich.

Mit einem Knall schloss Ricci ihr Englischbuch und richtete sich auf. »Ich hab 'ne Idee.«

»Wir lernen unregelmäßige Verben?«

»Quatsch.« Ricci stieß mich mit dem Ellbogen in die Seite. »Wozu gibt's schließlich Pfuschzettel.«

»Du pfuschst?«

»Klar. Die besten Pfuschzettel sind von mir. Frag Leon.« Sie grinste. »Aber jetzt zeigst du mir erst mal deine Tricks.«

»Was für Tricks?«, fragte ich vorsichtig.

»Na, häkeln. Oder stricken. Oder was du da machst. Die Magie der Masche.«

Ricci war echt die Erste, die mich nach dem Häkeln fragte. Das interessierte sonst niemanden. Charlotte nicht. Und Fabienne schon gleich gar nicht.

»Kannst du wenigstens Luftmaschen?« Ich wurschtelte mich aus dem Sitzsack hoch, legte mich vor dem Bett auf den Boden und zog den Karton mit Wolle hervor.

»Glaub nicht.« Ricci schob sich ihre rote Strähne hinters Ohr. »Ist das schlimm?«, fragte sie dann und schaute mich dabei so unglücklich an, dass ich lachen musste.

»Katastrophal«, sagte ich.

Ricci nickte. »Mit katastrophal kenne ich mich aus.« Dann zog sie eine Häkelnadel aus dem Karton, klemmte sie sich mit der Oberlippe unter die Nase, riss die Augen auf und machte ein Selfie.

Eine halbe Stunde später war ich verzweifelt. Ricci würde sich beim Häkeln bestimmt noch die Finger brechen.

Oder sich mit der Häkelnadel ein Auge ausstechen. Sie brauchte ewig, um Faden, Nadel und Häkelarbeit zu sortieren. Bei jeder zweiten Luftmasche rutschte ihr der Faden oder die Masche weg, und sie ordnete ihre Finger und den Faden umständlich neu.

»Das ist Hexerei oder irgend so was.« Sie starrte angestrengt auf die Nadel. Im Schneckentempo holte sie den Faden.

Ganz vorsichtig zog sie ihn durch die Masche.

»Matea?« Das war meine Mutter. Ich konnte hören, wie sie die Treppe hochkam. Schnell flitzte ich in den Flur und zog die Tür hinter mir zu. Gerade noch rechtzeitig. Meine Mutter stand schon auf der letzten Treppenstufe.

»Versteckst du was in deinem Zimmer?«

»Ich arbeite an was.« Stimmte ja irgendwie. Mit Ricci Englisch zu lernen war jede Menge Arbeit.

»Ein geheimes Projekt? Ein Geschenk?« Meine Mutter lächelte. »Etwa für mich?«

Ich antwortete lieber nicht.

»Kommst du dann? Wir essen gleich.« Zum Glück drehte sie sich wieder um und ging die Treppe runter.

»Sofort«, sagte ich, »brauch nur noch eine Minute.«

Kaum war meine Mutter wieder in der Küche verschwunden, huschte ich in den Keller. In der Waschküche stopfte ich Riccis trockene Sachen schnell in eine Plastiktüte. Fürs Umziehen war jetzt keine Zeit mehr.

»Ich muss gehen, oder?« fragte Ricci, als ich mit der Plastiktüte unter dem Arm in mein Zimmer zurückkam.

Sie seufzte und hielt ihre total zerrupfte Luftmaschenschlange hoch. »So richtig hab ich den Bogen noch nicht raus, fürchte ich.«

»Kannst du mitnehmen.« Ich drücke ihr noch ein Knäuel

knallgrüner Wolle in die Hand. Hauptsache, sie verschwand schnell. Und unauffällig.

»Echt? Cool.« Sie schob die Wolle und die Nadel in ihren Rucksack. Dann schlüpfte sie in ihre Boots, ließ sie aber an der Seite offen und stopfte die Jogginghose rein, damit sie nicht auf dem Boden schleifte.

»Ich seh wie ein Voll-Assi aus.« Sie zupfte an der Hose.

»Hast du's weit bis nach Hause?«, fragte ich.

»Geht so.« Sie nahm mir die Tüte ab.

»Die 109 kommt ja alle zehn Minuten. Da musst du bestimmt nicht lange warten.« Mit der 109 waren wir auch vorhin zum Viktoriapark gefahren. Ich war mir mittlerweile ziemlich sicher, dass Ricci wirklich irgendwo da wohnte. Ricci antwortete nicht, sondern ging erstaunlich leise die Treppe runter.

Im Flur war niemand. In der Küche klapperte meine Mutter mit dem Geschirr. Draußen auf der Treppe drehte sich Ricci nochmal um.

»Bis morgen, Mats.«

»Bis morgen, Ricci.« Ich winkte ihr. Dann ging sie die Straße runter. Bei jedem Schritt schlappte sie aus ihren Schuhen.

Sprachnachrichten am 3. Tag ohne Ricci

Matea, 13:56

Ricci, du musst wiederkommen, weil, heute war Vokabeltest. Also, nicht wegen dem Vokabeltest musst du wiederkommen, sondern wegen ... also, irgendwie doch wegen ... aaah, grrr, ich fang nochmal an

Matea, 13:57

Also: Es war Vokabeltest und ich hatte nicht gelernt. Das wird definitiv meine erste 5 ever. So, und wenn du wiederkommst, geht das so: Bestimmt schlafe ich wieder und lerne wieder. Oder beides nicht, aber dann zeigst du mir, wie du deine Pfuschzettel machst. Hört sich nach einem Plan an, oder?

Matea, 0:23

Du bist nicht bei deinem Vater, oder? Bitte sag mir, dass du da nicht bist. Du hast mir ja nie erzählt, was mit dem ist, aber

4. Tag mit Ricci

Am nächsten Morgen war Charlotte wieder da.

Keine Nachricht von ihr. Keine Verabredung am Markt. Sie stand einfach vor dem Unterricht auf dem Schulhof. Mit Fabienne und Yasser und Leon. Madame verschränkte misstrauisch vier Tentakeln vor ihrer Speckbrust. Trotzdem ging ich zu Charlotte und stellte mich neben sie. Das fühlte sich allemal besser an, als an ihr vorbei in die Klasse zu laufen.

»Lass uns im Park treffen«, sagte Leon gerade.

»Bei dem Wetter?« Charlotte wickelte sich den Schal enger um den Hals. »Nein, danke. Ich war gerade erst krank.«

»Ich find's 'ne gute Idee«, meinte Fabienne.

»Ja, klar.« Charlotte putzte sich die Nase.

»Wieso ja klar?« Fabienne zog die Mundwinkel nach unten. An der Stelle hätte Ricci bestimmt wieder geknurrt. Ich musste grinsen.

»Hallo, Matea«, sagte da Yasser plötzlich und alle guckten zu mir.

Die Sache mit Yasser war die: Sobald er mich bemerkte, drehte Madame Schüchtern durch. Sie fing an, ihre Sofaecke aufzuräumen und auf Hochglanz zu polieren. Alle ihre Tentakeln flogen gleichzeitig durch die Gegend, und bei ihrem Gezappel wurde mir auf eine ganz besondere Art schlecht. Außerdem fing ich an zu schwitzen.

Und Yasser bemerkte mich oft. Er tat immer so, als wäre alles ganz normal. Er fragte mich: »Hast du Mathe kapiert?«

Oder: »Hatten wir in Bio was auf?« Oder: »Worüber machst du das Plakat in Politik?«

Ich antwortete nie. Auch jetzt schaute ich lieber auf meine Schuhspitzen und die Hitze kroch aus meinem Bauch den Hals hoch.

»Wer hat sich denn da angeschlichen?«, sagte Fabienne.

»Hör auf«, sagte Charlotte.

»Wenn's doch stimmt. Ist doch nicht normal, oder?«

»Aber du bist normal, oder was?« Ricci. Wo kam die denn auf einmal her?

»Auf jeden Fall normaler als du und deine neue beste Freundin.« Fabienne verschränkte die Arme vor der Brust.

»Hör auf«, sagte Charlotte noch einmal ziemlich lahm.

Ricci ließ ihren Rucksack neben mir auf den Boden plumpsen. »Na, dann zähl mal auf.« Sie verschränkte die Arme.

»Was soll ich aufzählen?«

»Was bei dir normaler ist als bei uns.«

Fabienne schaute kurz zu mir, dann betrachtete sie Ricci und verzog angewidert das Gesicht. Zugegeben: Schon gestern waren Riccis Haare ziemlich fettig gewesen. Aber nur im Ansatz. Heute waren sie richtig durch. »Kriech doch einfach in das Loch zurück, aus dem du gekommen bist, Riccarda.« Fabienne strich sich über die Haare. »Vielleicht findest du da ja auch endlich die Dusche.«

Ich versuchte, Ricci noch am Arm zu erwischen, aber sie schoss wie eine Rakete auf Fabienne zu und nahm sie in den Schwitzkasten. Fabienne quiekte und zerrte an Riccis alter Lederjacke. Ricci riss ihr das Haarband aus den Haaren.

»Glaubst du echt, nur weil du es heute Morgen unter die Dusche geschafft hast und andere runtermachen kannst, bist du besser als ich? Besser als Matea?« Sie griff grob in Fabiennes Haare und zerstrubbelte sie, sodass sie nach allen Seiten abstanden. Fabienne wand sich in Riccis Griff.

»Spinnst du?« Charlotte zog an Riccis Arm, aber Ricci presste ihn nur enger um Fabiennes Hals.

»Was du über mich sagst, ist mir so was von egal«, zischte sie. »Aber Mats lässt du mit deinem Scheiß in Ruhe, kapiert?«

Fabienne schluchzte. Tränen liefen ihr übers Gesicht.

Ich war wie versteinert. Alles in mir stand still. Sogar Madame. *Lass los! Lass verdammt noch mal los!*

Fabienne hustete. Keuchte.

»Ich hör nichts.« Ricci sagte das ruhig. Fast fröhlich. Das war unheimlich, Ricci hatte sich in jemanden verwandelt, den ich nicht kannte. Nicht kennen wollte. »Sprich mit mir, Fabienne. Wirst du brav sein?«

Fabienne krächzte. Versuchte zu nicken. Zum Glück machte Yasser einen Schritt auf Ricci zu und legte ihr eine Hand auf die Schulter. »Komm runter. Ich glaub, sie hat's kapiert.«

Ricci guckte ihn an, dann auf ihren Arm, der Fabiennes Hals zupresste. »Wenn du meinst«, sagte sie dann und ließ Fabienne mit einem Ruck los. Fabienne taumelte. Charlotte stützte sie und zog sie in Richtung Eingang. Yasser klopfte Ricci auf die Schulter. »Atme mal durch«, sagte er. Und: »Bis gleich.« Dabei guckte er mich an und nickte mir zu. Lächelte sogar ein bisschen.

Dann ging er mit Leon rein. Ricci kam zu mir. »Wie war ich?«

Sie grinste. Sie setzte ihren Rucksack auf. Sie schlenderte Richtung Eingang. Sie drehte sich um, weil ich nicht mitging. »Kommst du? Es hat schon geklingelt.«

Erst jetzt fiel mir auf, dass außer uns niemand mehr auf dem Schulhof war. Madame ließ sich erschöpft aufs Sofa sinken. Ich fühlte mich plötzlich mindestens genauso müde.

»Warum hast du das gemacht?«, fragte ich Ricci.

»Was meinst du?«

»Was ich meine?« Meine Stimme kiekste. »Du hast ihr die Luft abgedrückt. Ihr wehgetan. Sie erpresst. Du hast …«

»Na und? Wie lange hat das gedauert? 'Ne Minute oder so? Sie mobbt dich. Macht dich lächerlich. Und das schon wie lange? Zwei Wochen? Zwei Monate? Zwei Jahre?«

Ich zuckte mit den Schultern. Schwieg.

»Die Abreibung war so was von überfällig. Mobbing beendet. Problem in einer Minute gelöst.«

»Aber doch nicht so. Nicht mit …«

»Gewalt? Wie sonst? Mit beten? Mit reden? Hat ja bisher auch super geklappt, oder?«

Das war gemein. Madam seufzte. Tränen drückten hinter meinen Augen. Wortlos ging ich an Ricci vorbei und riss die Tür zur Pausenhalle auf.

»Ich hab's für dich gemacht, Klugscheißerin! Für dich!«, schrie Ricci über den Hof.

Ich hab dich nicht drum gebeten. Ich brauch das nicht. Ich brauch dich nicht. Nicht so.

Die Tür krachte hinter mir ins Schloss. Ricci blieb draußen auf dem Schulhof stehen.

Ich verkroch mich aufs Klo neben dem Musikraum und schloss mich in die letzte Kabine ein. Jemand hatte einen großen, schwarzen Punkt über den Klopapierhalter gemalt und »Hole to another Universe« dazugeschrieben. Ich starrte auf den schwarzen Punkt und fing an zu heulen.

Nach einiger Zeit klapperte die Klotür.

»Matea?« Das war Charlotte. Ich hielt die Luft an. »Komm schon, ich weiß, dass du hier bist. Alle anderen Klos hab ich nämlich schon durch.«

Ich drehte den Riegel auf und stieß die Tür mit dem Fuß auf. Charlotte lehnte an der Wand gegenüber, die Arme vor der Brust verschränkt.

»Die Wachtelmann hat mich losgeschickt.«

Ich rollte Klopapier ab und putzte mir die Nase.

»Eigentlich hab ich gedacht, dass Riccarda bei dir ist.«

Falsch gedacht.

»Jetzt mal im Ernst: Riccarda? Ich hab's Fabienne ja nicht geglaubt, aber nach heute ... Die ist doch total durchgeknallt.«

Jetzt mal im Ernst: Fabienne? Die ist doch total verlogen und gemein.

»Und dann auch noch Yasser, der Idiot.«

Yasser?

»Erzählt irgendwas von Mobbing. Und schwups, schon ist Fabienne an allem selbst schuld.«

Tja. Pech.

»Und Riccarda ist praktischerweise verschwunden. Schwänzt oder so. Auf jeden Fall will die Wachtelmann jetzt mit dir reden. Aber ich hab ihr schon gesagt, dass das schwierig werden könnte.«

Na toll.

»Im Moment redest du ja anscheinend nur mit deiner neuen besten Freundin. Ist mir gerade recht. Ich hab eh keinen Bock mehr, deine Babysitterin zu sein. Kannst du gerne deiner Mutter ausrichten.«

Wie bitte?!

Das tat weh. Und machte mich wütend. Beides gleichzeitig. Madame zündete schon mal die Tischrakete und ging dann unter ihrem Kuschelkissen in Deckung.

Ich stand auf, schmiss das vollgeschnäuzte Papier ins Klo und drückte die Spülung. Das Wasser rauschte laut. Ich holte tief Luft, der erste Atemzug fühlte sich an, als würde sich ein Stachelschwein in mir wälzen, der zweite war schon besser, und mit dem dritten drehte ich mich um.

»Trifft sich gut«, sagte ich zu Charlotte. »Einen Babysitter brauche ich eh nicht mehr. Hab ich auch nie gebraucht.«

Mist. Ich merkte, wie die Tränen angekrochen kamen. Ich schluckte und guckte das Loch ins andere Universum an.

»Aber eine Freundin.«

»Ach, und das ist jetzt Riccarda oder wie? Diese Psycho-Assi-Kuh?«

Und in diesem Augenblick, im Schulklo mit Charlotte, das andere Universum fest im Blick, war es ganz klar für mich. Riccarda war meine Freundin. Die einzige und beste, die ich je hatte. »Genau«, sagte ich zu Charlotte. »Ganz genau.« Und dann rauschte ich aus dem Klo.

Von: pfarrerinmatzner@auferstehungskirche.com
An: wachtelmann@humboldt.de
CC: matsi@diematzners.de

Liebe Frau Wachtelmann,

danke für Ihren Anruf. Matea ist zum Glück mittlerweile zu Hause angekommen. Ich habe mit ihr geredet, und sie wird sich per Mail bei Ihnen melden. Natürlich ist es nicht in Ordnung, einfach die Schule zu verlassen, und ich denke, dass ist Matea auch klar. Sollte es zu den heutigen Vorfällen weiteren Gesprächsbedarf geben, können wir gerne noch einmal telefonieren.

Viele Grüße,
E. Matzner

Von: matsi@diematzners.de
An: wachtelmann@humboldt.de

Liebe Frau Wachtelmann,

es tut mir leid, dass ich heute einfach nach Hause gegangen bin, ohne Ihnen Bescheid zu geben. Meine Mutter hat vorgeschlagen, dass ich das nächste Mal einen Zettel im Sekretariat abgebe. Aber eigentlich habe ich nicht vor, noch mal abzuhauen. Wirklich nicht!

Zu der Sache auf dem Schulhof möchte ich nur sagen, dass Riccarda versucht hat, mir zu helfen. Mehr nicht. Aber das ist das Wichtigste: Dass sie es nicht für sich getan hat, sondern für mich.

Viele Grüße,
Matea

Von: wachtelmann@humboldt.de
An: matsi@diematzners.de

Liebe Matea,

du hast Recht: Für jemanden zu kämpfen, dem Unrecht angetan wird, ist etwas Großes und Gutes. Riccarda muss aber noch ein bisschen an ihrer »Kampftechnik« arbeiten. Darüber werde ich mit ihr reden.
Es ist wichtig, dass du dich zu Wort meldest. Welchen Weg auch immer du wählst – ich bin ganz Ohr.

Viele Grüße,
deine Frau Wachtelmann

Obwohl es schon so spät war, öffnete sich langsam die Tür, und Aaron schlich herein. Im Licht, das vom Flur ins Zimmer fiel, sah ich, dass er schon sein altes Star-Wars-Shirt angezogen hatte, in dem er immer schlief. Außerdem hatte er sich in seine Decke eingewickelt. Er zog den Sitzsack vor mein Bett und ließ sich draufplumpsen.

Ich putzte mir die Nase.

»Heulst du wegen Charlotte?«

Ich schnäuzte mich noch einmal. »Wusstest du, dass Mama sie gebeten hat, auf mich aufzupassen?«

»Das war im ersten Schuljahr.«

»Trotzdem.«

»Hör zu: Charlotte ist eine blöde Kuh, wenn sie jetzt damit ankommt, um dich fertigzumachen.«

»Ich dachte immer, sie macht gerne Sachen mit mir zusammen. Freiwillig.«

»Macht sie bestimmt auch«, meinte Aaron und legte seinen Kopf auf mein Bett. »Sie war doch eine Zeit lang fast jeden Nachmittag hier.« Er stupste mich durch die Decke an. »Ihr habt mich zu Tode genervt.«

Ich lachte. Und schluchzte. Beides gleichzeitig.

»Und was ist mit Ricci?«, fragte Aaron.

»Weiß nicht.« Mir kamen schon wieder die Tränen.

Die Tür ging auf. Mein Vater. Und meine Mutter. Beide im Bademantel. Meine Mutter trug ein Tablett mit vier Tassen. Sofort roch das Zimmer nach Zitrone und Honig. Mein Vater knipste meine Schreibtischlampe an.

»Besondere Tage, besondere Maßnahmen«, sagte er und setzte sich am Fußende auf mein Bett. Meine Mutter stellte das Tablett auf dem Schreibtisch ab und verteilte die Tassen: heiße Zitrone mit Honig.

»Ich hab schon die Zähne geputzt«, sagte ich. Wie blöd. Eigentlich sollte ich sagen: *Ihr seid die Besten.* Denn das waren sie. Meine Mutter hat null geschimpft. Mich nur ganz fest gedrückt, als sie nach Hause gerast kam und ich heulend auf dem Sofa saß.

Und mein Vater hat Fabiennes Vater am Telefon eiskalt abserviert. Der hatte aber wahrscheinlich nur bei uns angerufen und rumgestänkert, weil er von Ricci keine Telefonnummer hatte.

»Besondere Tage, besondere Maßnahmen«, wiederholte mein Vater. Wir stießen an.

»Auf Matea«, sagten meine Eltern im Chor.

»Auf Ricci«, sagte mein Bruder.

»Auf Ricci«, wiederholte meine Mutter.

»Auf Wrestling für Gerechtigkeit«, meinte mein Vater.

»Gewalt *ist* eine Lösung«, sagte mein Bruder.

»Also, jetzt reicht's aber«, schimpfte meine Mutter, musste dabei aber lachen.

Wir stießen noch einmal an.

Ich trank einen Schluck. Genau richtig süß. Genau richtig sauer.

Sprachnachrichten am 4. Tag ohne Ricci

Matea, 22:30

[Foto: blaues Automatenpferd mit bunter, gehäkelter Satteldecke und knallrot umhäkeltem Zaumzeug]

Matea, 22:30

Perfekt?

Matea, 22:31

Zum Glück war Aaron mit dabei. Und Tilda. Aarons Freundin!! Krass, oder? Aber die ist cool. Echt. Es war so was von stockdunkel. In dem Hof gibt es keine einzige Lampe, sag ich dir. Dein Pferd sah irgendwie traurig aus. Es vermisst dich bestimmt

5., 6. und 7. Tag mit Ricci

Freitag musste ich nicht in die Schule. Ich hatte ein bisschen Halsschmerzen. »Mach eine kleine Pause«, meinte meine Mutter und meldete mich krank. Also wickelte ich mir einen Schal um den Hals, kuschelte ich mich in meinen Sitzsack und fing an zu häkeln. Ich häkelte das ganze Wochenende durch, und Sonntagnachmittag war ich fertig.

Zwischendurch checkte ich immer mal wieder mein Handy.

Nichts von Ricci.

Schaute auf dem Laptop meiner Mutter in meinen Mails nach.

Nichts von Ricci.

Ich häkelte weiter.

Stürzte zum Briefkasten, als ich draußen auf der Straße den Briefträger auf sein Fahrrad steigen sah.

Nichts von Ricci.

Ich häkelte weiter.

Das beruhigte. Die gleichmäßigen Bewegungen der Hände. Der Wollfaden, der weich durch die Finger rutschte. In jede Masche häkelte ich ein bisschen Traurigkeit über Riccis Schweigen. Und ein bisschen Angst vor Montag. Und ein bisschen Wut auf Fabienne und Charlotte. Bis nichts mehr von allem da war.

Am Sonntag häkelte ich die letzte Reihe und schnitt den Faden ab. Dann packte ich meinen Rucksack: eine Schere, eine große Nadel, das letzte Knäuel Wolle aus der Loose-Kiste, die gehäkelten Sachen.

Meine Eltern hatten Besuch. Sie saßen mit ihren Freunden im Wohnzimmer und quatschten. Unwahrscheinlich, dass sie mich vermissten. Trotzdem hängte ich für alle Fälle einen Zettel an meine Tür: »Bin zum Briefkasten.«

Das war nur halb gelogen, denn ich ging tatsächlich zum Briefkasten. Und dann noch ein paar Meter weiter bis zum Haus der alten Loose. Es nieselte, wie eigentlich schon den ganzen Tag. Alles war grau und trostlos. Auch das Haus von der alten Loose. Es stand jetzt fast vier Monate leer. Der Vorgarten, in dem die alte Loose bis zuletzt Unkraut gezupft hatte, war zugewuchert, und von dem kleinen, weißen Lattenzaun blätterte wie nach jedem Winter die Farbe ab – nur würde Aaron dieses Jahr in den Osterferien nicht mehr zum Streichen kommen. Wer weiß, wer dann dort wohnte.

Dieses Wochenende hatte mir die alte Loose besonders gefehlt.

Ich atmete einmal tief durch, schaute mich kurz um, stieg über das niedrige Törchen, duckte mich hinter den Zaun und begann mit der Arbeit. Ich hatte bunte Stulpen für die Latten gehäkelt, nicht für jede, dafür hatte die Wolle nicht gereicht, aber vielleicht für jede dritte. Ich musste sie nur noch mit ein paar Stichen zusammennähen. Diesmal kam ich besser vorwärts als bei meinem Baum: Meine Finger froren nicht ab, mein Hintern blieb sogar halbwegs trocken, und obwohl ich über eine Stunde brauchte, kam niemand vorbei: keine

Spaziergänger, keine Hundehalter, keine kleinen, neugierigen Kinder auf dem Laufrad. Es dämmerte schon, als ich die große Nadel und den Rest Wolle in meinen Rucksack packte. Es nieselte immer noch. Alles war immer noch grau. Nur der Zaun nicht. Er leuchtete in sämtlichen Farben der Loose-Wollreste-Kiste. Das hätte der alten Loose ganz sicher gefallen. Sie hätte aus ihrem Küchenfenster direkt auf den bunten Zaun geschaut.

Ich machte ein Foto, schrieb »Perfekt?« dazu und schickte es Ricci.

Dann rannte ich nach Hause zurück. Meine Eltern hatten nichts bemerkt. Sie quatschten immer noch im Wohnzimmer. Der Zettel hing unberührt an meiner Tür. Ich legte mich auf mein Bett und checkte mein Handy. Keine Antwort von Ricci. Noch nicht mal ein Häkchen, dass sie das Bild gesehen hatte. Plötzlich hatte ich ziemliche Angst vor Montag.

Ich schlief schlecht. Ich wälzte mich von einer Seite auf die andere. Was, wenn Ricci nicht zur Schule kam? Was, wenn sie kam, aber immer noch wütend auf mich war? Wohin sollte ich mich setzen: neben Charlotte? Neben Ricci?

Sprachnachrichten am 5. Tag ohne Ricci

Matea, 17:19

[weinen]

Matea, 17:23

Nachricht gelöscht

Matea, 18:04

Du hast mir was versprochen. Du hast geschworen, dass wir noch Freundinnen sind, wenn wir graue Lockenwickler-Locken haben. Und jetzt antwortest du noch nicht mal? Das ist richtig mies, Riccarda

8. Tag mit Ricci

Am nächsten Morgen wankte ich total fertig ins Bad. Auf meiner rechten Wange entdeckte ich einen Kissenabdruck, und auf dem Hinterkopf thronte ein Nest aus Haaren. Unter Schmerzen bürstete ich die tausend Knoten heraus. Mein Bruder schlurfte durch die Tür, die Augen noch halb zu, aber das Handy schon in der Hand.

»Guck mal«, sagte er und hielt es mir hin.

»Du stinkst.« Ich wedelte mit der Hand und setzte mich schnell auf den Klodeckel.

»Hab ich Mundgeruch?«, fragte Aaron und hauchte mich an.

»Du bist so widerlich!« Ich riss das Fenster auf.

»Spinnst du? Ich hab Shorts an. Ich erfriere!« Aaron rumste das Fenster wieder zu.

»Gut so.« Ich setzte mich zurück aufs Klo und schaute auf sein Handy. Ganz langsam nur kapierte ich, was ich da sah. Ein Video. Auf Tiktok. Vom Loose-Haus. Also, eigentlich nur vom Zaun. Jemand hatte spät am Abend dicht daran entlanggefilmt. Die Stulpen leuchteten eine nach der anderen bunt im Licht des Handys auf, der Hintergrund blieb dunkel und verschwommen.

»Weißt du, was mich wundert?« Ich konnte Aaron mit Zahnbürste im Mund fast nicht verstehen.

»Was denn?« Ich schaute das Video noch einmal an.

Aaron spuckte Zahnpasta aus und spülte mit Wasser

nach. Dann drehte er sich um. »Mich wundert, dass jemand genau die scheußlichen Farben für den Zaun von der Loose benutzt hat, die in dem Wollkarton unter deinem Bett sind.« Er wischte sich mit dem Handtuch den Mund ab. »Oder ist da gar nichts mehr unter deinem Bett?«

»Tja, wer weiß«, sagte ich nur und wischte mich durch die Videos des Accounts »@Tldo7«. Mein Baum war tatsächlich auch dabei. Hatte ganz schön viele Herzchen gesammelt. Sonst gab es es nur noch Filmchen mit irgendwelchem Skater-Kram.

»Coole Aktion, kleine Mats«, sagte Aaron und verwuschelte meine Haare.

Ich schlug nach seiner Hand. »Ich hab mich gerade gekämmt.«

»Geh doch heute im Out-of-Bed-Look.«

»Wie du oder was?«

»Genau.« Aaron fuhr sich mit einer Hand durchs Haar. »Naturschön.«

Ich schnaubte nur und scrollte zurück zu dem Video vom Zaun. Irgendetwas störte mich daran. Aber was? Ich kam einfach nicht drauf.

Aaron zeigte mit seiner Zahnbürste auf das Video. »Wenn du mal Hilfe brauchst bei Bäumen und Zäunen und diesen Sachen – ich bin dabei.«

»Wovon redest du?«, fragte ich und versteckte mein Lächeln hinter meinen Haaren.

Beim Frühstück wusste ich schlagartig, was es war. Also, was bei dem Video komisch war.

»Ich muss los«, sagte ich.

»Alles gut bei dir?«, fragte meine Mutter.

»Ja.« Ich räumte schnell meine Tasse in die Spülmaschine.

»Ruf mich an, wenn heute irgendwas schiefgeht. Du musst dir nichts gefallen lassen. Ich lass mein Handy an. Du kannst wirklich …«

»Heute wird super, Mama«, unterbrach ich sie und gab ihr einen Kuss.

»Okay?« Sie schüttelte erstaunt den Kopf und lächelte. »Wenn du meinst.«

»Mein ich.« Ich schnappte mir noch einen Keks aus der aufgerissenen Packung neben der Kaffeemaschine, steckte ihn komplett in den Mund und machte mich auf den Weg zum Loose-Haus.

Eigentlich sah ich es sofort, aber trotzdem holte ich mein Handy raus und öffnete das Foto, das ich am Mittwochabend gemacht hatte.

Ganz klar: Es war eine Stulpe mehr am Zaun. Deutlich zu erkennen an einem knallgrünen Streifen. Und daran, dass sie so zerrupft aussah, als hätte eine Katze damit gekämpft. Ricci. Wie auch immer sie das angestellt hatte: Die Botschaft war angekommen.

Ich raste in Richtung Schule. Der Umweg am Loose-Haus vorbei hatte wertvolle 10 Minuten verbraucht. Als ich kurz vor dem Klingeln ins Klassenzimmer kam, saß Ricci tatsächlich schon auf ihrem Platz in der letzten Reihe, direkt neben der Tür. Sie hatte ihren zerfledderten Collegeblock ausgepackt und malte mit dem Kuli, den sie sich letzte Woche von mir geliehen hatte. Ich zog den zweiten Stuhl von ihrem Tisch. Vorne, in der ersten Reihe, drehte sich Fabienne um und flüsterte Charlotte etwas ins Ohr. Charlotte blieb weiter kerzengerade sitzen, die glatten, braunen Haare zu einem perfekten, hohen Pferdeschwanz frisiert.

»Mist«, sagte Ricci und riss das Blatt aus ihrem Block. »Ich wusste die ganze Zeit, dass etwas nicht stimmt.« Sie starrte mich an. »Du hast einen ziemlich großen Mund«, murmelte sie dann. »Ist mir so noch gar nicht aufgefallen.« Sie fing wieder an zu zeichnen.

»Du hast meine Nachrichten gekriegt, oder?«, fragte ich sie. Leise.

»Klar.«

»Warum hast du nicht geantwortet? Bist du noch sauer?«

»Nö.« Sie schaute kurz auf. »Du?«

Ich schüttelte den Kopf.

»Gut.« Ricci lächelte. Ich lächelte. Der Mathelehrer kam rein. Ricci drehte den Block zu mir. »Wie findest du's?«

Sie hatte eine Hexe auf einem Besenstil gemalt. Nur wenn man genau hinsah, erkannte man, dass der Besenstil in Wirklichkeit eine Häkelnadel war. Und die Hexe, das war ich. Unverwechselbar.

»Wahnsinn«, sagte ich. Laut. So laut, dass der Mathelehrer fragte: »Hast du was *gesagt*, Matea?«

Ich erstarrte und ließ mir die Haare vors Gesicht fallen.

»Quatsch«, meinte Ricci, »die sagt doch nie was.«

Ein paar kicherten. Ich boxte Ricci unter dem Tisch. Sie boxte mich zurück. Der beste Schultag meines Lebens konnte beginnen.

In der letzten Stunde musste Ricci zum Gespräch zur Wachtelmann. Zusammen mit Fabienne. Die Stunde zog sich endlos hin. Ich starrte auf Charlottes Pferdeschwanz, aus dem sich seit der ersten Stunde kein Härchen gelöst hatte. Charlotte behandelte mich den ganzen Tag schon wie Luft. Eigentlich sollte mir das nichts ausmachen. Tat es aber trotzdem.

Als es endlich klingelte, war ich die Erste an der Tür – ein großer Vorteil an meinem neuen Sitzplatz. Draußen lehnte ich mich an die Skulptur, die vor dem Haupteingang stand, hielt mein Gesicht in die Sonne und wartete. Als Erstes kam Fabienne. Schwer zu sagen, ob sie struppiger oder missmutiger aussah als sonst. Sie stakste zu einem schwarzen Auto, stieg ein und verschwand. Dann kam Ricci. Und die Wachtelmann. Sie gingen auf mich zu. Beide. Madame Schüchtern, die den ganzen Vormittag bequem auf dem Sofa gelegen und die erste Staffel von »Unterwasserwelten« geschaut hatte, drückte mit einem Seufzen den Pause-Knopf, bewegte sich aber nicht von der Stelle.

»Riccarda hat mir verraten, dass du hier auf sie wartest«, sagte die Wachtelmann.

»Sorry«, sagte Ricci. Lautlos. Sie bewegte nur übertrieben deutlich die Lippen und verdrehte dann die Augen.

Auch Madame verdrehte die Augen und angelte etwas Popcorn vom Couchtisch. Für die Wachtelmann schien sie sich nicht vom Sofa aufraffen zu können. Das war neu. Und gut.

»Ich wollte dich bitten, dass du mir, wie auch immer, erzählst, wie lange Fabienne schon gemein zu dir ist.«

Ricci knurrte leise. Fabienne-mäßig natürlich. Madame fing prompt an zu kichern, und es war ganz leicht, zu sagen: »Eigentlich schon immer.«

Sensationelle drei Wörter. Hastig klappte ich den Mund wieder zu. Nicht, dass ich noch mehr sagte. Irgendwie war das unheimlich.

Ich.

Matea.

Stand vor der Schule und redete mit der Wachtelmann.

Dafür, dass die Wachtelmann zum ersten Mal meine Stimme gehört hatte, blieb sie ziemlich cool. Es dauerte vielleicht ein bisschen zu lang, bis sie »Okay, alles klar« sagte, und noch ein wenig länger, bis sie aufhörte zu nicken. Dann rückte sie ihre Tasche auf der Schulter zurecht und meinte: »Danke, ihr zwei. Wir sehen uns morgen.«

Sie verschwand Richtung Lehrerparkplatz. Als sie außer Hörweite war, stieß mich Ricci an, sagte: »Das ist es!« und umrundete die Skulptur, an der ich immer noch lehnte. Es waren zwei Jungen mit altmodischen Schultaschen. Bronzefarben. Sie waren noch von früher. Da gingen auf unsere Schule nämlich nur Jungs.

»Das wird unser nächstes Projekt.« Sie tätschelte einem der Jungen den Schuh.

»Wovon redest du?«

»Wir ziehen den Jungs mal was an.«

»Ricci, die haben was an. Die sind doch nicht nackt.«

»Leider.« Ricci lachte und drehte eine weitere Runde um die Skulptur. »Die brauchen definitiv ein Makeover.«

Sie holte ihr Handy aus der Hosentasche und machte ein

Foto. »Ich zeichne dir einen Entwurf«, sagte sie. »Du wirst schon sehen.«

»Okay«, stimmte ich zu. Entwurf hörte sich gut an. Harmlos.

Zusammen liefen wir bis zur Ampel.

»Wie war das Gespräch?«, fragte ich und drückte auf den Ampelknopf.

»Eines der besseren.«

»Musstest du schon oft zu Gesprächen?«

Ricci nickte.

»Auch weil du dich geprügelt hast?«

»Weniger.«

»Weswegen dann?«

»Sachen sind verschwunden.«

Die Ampel sprang endlich auf Grün. Auf der anderen Straßenseite blieb ich stehen.

»Wie, verschwunden?«, fragte ich. »Deine Sachen?«

»Warum bleiben wir eigentlich stehen?«, fragte Ricci zurück.

»Weil ich da lang muss«, ich zeigte nach links in Richtung Markt, »und du da lang.« Jetzt zeigte ich nach rechts, Richtung Haltestelle, wo die 109 zum Viktoriapark abfuhr.

»Ach Quatsch«, sagte Ricci. »Ich geh noch den Schlenker bei dir vorbei.« Sie ging los. Nach links.

Schnell holte ich sie ein. »Und warum machen wir keinen Schlenker bei dir vorbei?«

»Ist zu weit.«

»Egal. Wir können einfach wie gestern mit der 109 fahren. Ich hab auch ein Monatsticket, weißt du?«

»Wenn du nicht willst, dass wir was zusammen machen, dann sag es einfach.«

»Hä? Wie kommst du denn jetzt darauf?«

Ricci schwieg.

»Hör mal, es ist nur …«

»Schon gut«, unterbrach sie mich. »Ich hab's schon kapiert.« Sie drehte sich um und marschierte in die andere Richtung. Mal wieder ging sie einfach weg.

Das nervte.

»Ich dachte nur, wir könnten auch mal zu dir. Mehr nicht«, sagte ich deshalb.

»Mehr nicht?« Ricci kam zurück und stellte sich ein bisschen zu nah vor mich. Sie sah wütend aus. Oder traurig. Oder vielleicht beides zusammen. »Du hast echt so was von keine Ahnung.«

»Wie – keine Ahnung? Wovon hab ich keine …« Plötzlich packte Ricci mich am Arm und riss mich zu sich heran. »Gib mir Deckung«, murmelte sie an meiner Brust. Ich versuchte, sie von mir wegzuschieben, aber sie hielt sich an meiner Jacke fest.

»Ähm, Ricci? Alles klar?«

Vorsichtig schaute Ricci über meine Schulter. »Mist«, fluchte sie. »Mist, Mist, Mist.« Sie ging langsam ein paar Schritte rückwärts und zog mich an meiner Jacke mit. »Mach dich schön breit, Mats.«

Brav stemmte ich die Hände in die Hüften. Ricci ließ endlich meine Jacke los und lief geduckt die letzten Schritte bis zu einem Ein-Euro-Shop. Dort verschwand sie hinter einem Ständer mit Schals und Handschuhen. Ich schaute mich um und konnte immer noch nichts Besonderes entdecken. Ich ging zu Ricci hinter dem Schalständer.

»Warum versteckst du dich?«, flüsterte ich und tat dabei so, als würde ich die hässlichen, rosa Schals anschauen.

»Schwarze Jogginghose, grüne Bauchtasche«, wisperte Ricci.

»Junge oder Mädchen? Ich seh keinen, der ...«

»Er kommt. Er kommt!« Ricci Stimme zitterte. Sie drückte sich in den Schalständer.

Und da sah ich ihn. Kein Junge. Ein Mann. Er trug eine schwarz-gelbe Kappe, die mir irgendwie bekannt vorkam. Er lief wirklich auf den Ein-Euro-Shop zu. Und er schaute direkt zu uns!

»Ist er weg?«, fragte Ricci. Ich trat nach ihr. Ricci kroch tiefer in die Schals.

Als der Mann noch ein paar Schritte entfernt war, sah ich, dass er nur mit einem Auge zu uns schaute. Mit dem anderen peilte er den Ständer mit den Handy-Hüllen weiter hinten im Laden an. Obwohl mir klar war, dass er schielte, fand ich es ziemlich unheimlich.

Kaum war der Mann im Laden verschwunden, krabbelte Ricci hinter den Schals raus.

»Wer ist das? Und warum versteckst du dich vor dem?«

»Nicht so laut!«, zischte Ricci. Dabei flüsterte ich immer noch. »Der wohnt bei uns im Haus.«

»Aha.« Das war natürlich keine Antwort.

Die 109 kam quietschend um die Ecke und bremste an der Haltestelle.

Ricci legte einen Arm um mich und drückte mich. Ganz

kurz spürte ich ihren weichen Körper und konnte sie riechen: ein bisschen Waschmittel, ein bisschen Shampoo und auch ein bisschen Schweiß.

»Wir sehen uns morgen, okay?«, sagte sie und rannte los.

In der Tür der Bahn drehte sie sich noch einmal um, grinste und hielt ihren Daumen für mich hoch. Dann schlossen sich die Türen, die Bahn fuhr an.

Bevor auch ich nach Hause ging, warf ich noch einen Blick in den Laden. Der Mann stand an der Kasse und zahlte. Während er auf sein Wechselgeld wartete, drehte er den Kopf zum Eingang und schaute mich an. Natürlich mit einem Auge. Aber diesmal war ich mir sicher, dass er mich auch sah.

Schnell drehte ich mich um und machte mich auf den Heimweg.

»Kann Ricci morgen nach der Schule mit zu mir kommen?«, fragte ich beim Abendbrot.

»Dann ist zwischen euch wieder alles in Ordnung?«, fragte meine Mutter zurück und tunkte ein Stück Paprika in ihren Kräuterquark.

Ich nickte. »Ich hab mich in der Schule auch neben sie gesetzt.«

»Ich weiß«, meinte meine Mutter und seufzte. »Katrin hat schon angerufen.«

»Echt jetzt?« Katrin war Charlottes Mutter. »Und weshalb?«

»Um mir zu erzählen, dass du dabei bist, dich mit einem Mädchen anzufreunden, das aggressiv und verhaltensauffällig ist.«

»Jawoll, du bist jetzt im Team Aggro-Ricci«, kicherte Aaron.

»Katrin muss sich auch immer einmischen.« Mein Vater schüttelte den Kopf.

»Glaubst du das etwa?«, fragte ich meine Mutter. »Glaubst du echt, dass Ricci ...«

Meine Mutter streckte den Arm aus und legte ihre Hand auf meine. »Alles gut, Mats. Ich freu mich, wenn Ricci morgen kommt.«

Ich knabberte an meinem Käsebrot und dachte an den Schieler.

»Du«, sagte ich zu meiner Mutter, »du hast doch mal gesagt, dass Ricci mich vielleicht in was reinzieht, oder?«

Meine Mutter wollte gerade einen Schluck Tee trinken, aber jetzt setzte sie die Tasse wieder ab.

»Ist was passiert?«, fragte sie.

»Nein«, antwortete ich schnell. Auf keinen Fall würde ich ihr vom Schieler erzählen. Oder von »verschwundenen« Sachen. »Nein«, wiederholte ich. »Ich hab mich nur gefragt, was das sein soll. Also, wo sie mich reinzieht, weißt du?«

»Selbst wenn ich es wüsste, dürfte ich es dir nicht sagen.«

»Das heißt, du weißt gar nichts? Du hast das einfach nur so gesagt?«

»Nicht einfach nur so. Mädchen, die mitten in der Woche spätabends noch im Viktoriapark unterwegs sind – da läuft auf jeden Fall etwas schief.«

»Ist sie oft da?«

»Matea ...«, meine Mutter schüttelte den Kopf, »du *weißt*, dass ich ...«

»Kannst du mir nicht wenigstens sagen, wo sie wohnt?«

»Warum fragst du sie nicht selbst? Ich denke, sie ist deine Freundin?«

Ich schwieg. Ricci war meine Freundin. Aber sie hatte Geheimnisse vor mir. Und das brachte mich immer wieder durcheinander.

»Wenn sie dir nichts davon erzählen will, wo und wie sie lebt, Matea – dann liegt das nicht an dir. Sondern daran, wo und wie sie lebt«, erklärte meine Mutter.

»Was kann daran schon so schlimm sein?«

Jetzt schwieg meine Mutter eine ganze Weile, und auch mein Bruder und mein Vater waren ganz still.

Schließlich sagte sie: »Es kann eben so schlimm sein, dass man abends lieber draußen in der Kälte ist als drinnen.«

Ich schluckte. Ricci hatte Recht. Ich hatte wirklich keine Ahnung.

»Darf Ricci auch mal bei uns schlafen?«, fragte ich und hatte dabei einen Kloß im Hals.

»Jederzeit«, sagte meine Mutter.

»Jederzeit«, bestätigte mein Vater.

»Nur, wenn sie morgens nicht ewig im Bad braucht«, meinte mein Bruder.

»Du gehst doch eh immer ungeduscht und naturschön«, antwortete ich und schnappte ihm die letzte Scheibe Salami vor der Nase weg.

Sprachnachrichten am 7. Tag ohne Ricci

Matea, 15:54
Du warst nicht da. Beim Pferd. Bin heute nach der Schule noch mal hin, weil, na ja, ich dachte, vielleicht klappt es wie damals, du weißt schon, beim Zaun

Matea, 16:00
Rosa hat mir Sachen erzählt, die hat auf mich gewartet, ich schwör's dir, hundertpro hat die gewartet. Ich streichel dem Pferd so über die Decke, schon zerrt die mich in den Laden, Kaffee eingeschenkt, Stuhl hingeschoben, alles

Matea 16:02
Dann hat sie erzählt.
Sie so: Ist sie weg, ja? Ach, was frag ich.
Ich: – (trink Kaffee)
Sie: Wenn sie einen Tag nicht kommt, ist sie wieder weg. Weiß ich ja.
Ich: – (trink Kaffee)
Sie: Na ja, was denkst du denn? Ständig geht das hin und her mit dem Vater, mal klappt's gut und dann wieder - tja, und dann tauchen sie hier auf, ne? Das Mädel. Und die Mutter. Schlüpfen unter drüben bei der Tante. Dabei hat die auch nur ein paar Quadratmeter.
Ich: – (trink noch mehr Kaffee, schwitze, mein Herz rast)

Sie: Diesmal war's irgendwie schlimmer. Auf keinen Fall wollte die Ricci zurück zum Vater. Und der Vermieter von der Tante – grässlicher Typ. Ist hier immer rumgeschlichen. Und dann noch der neue Freund von der Tante, der war noch grässlicher

Matea, 16:05

Ich musste dann echt raus. Mir war sooo heiß.
War ja nett, der Kaffee und alles.
Wo ihr seid, hat Rosa noch gefragt.
Aber ich weiß ja nichts

9. Tag mit Ricci

Am nächsten Morgen wartete Ricci auf dem Marktplatz auf mich. Sie hatte sich so in den Eingang vom Café Kurtz verkrochen, dass ich sie fast übersehen hätte.

»Scheiße, ist das kalt.« Ihre Lippen waren ganz blau.

»Wie lange stehst du schon hier?«, fragte ich.

Ricci zuckte mit den Achseln. »War heute ein bisschen früher dran. Außerdem wollte ich dich nicht verpassen.«

Ich schaute auf mein Handy. Noch genug Zeit. »Ich muss noch schnell zum Bäcker«, sagte ich. Musste ich natürlich nicht. Jedenfalls nicht für mich. Ich hatte wie immer meinen Kakao getrunken. »Kommst du mit?«

»Klar.« Ricci hatte nicht nur blaue Lippen, sie zitterte am ganzen Körper. Wer weiß, wie lange sie wirklich schon hier draußen stand. Aber ich fragte sie lieber nicht danach. Sonst wurde sie vielleicht wieder wütend. Oder traurig.

Beim Bäcker kaufte ich einen Kakao-to-go und ein Rosinenbrötchen – mehr Geld hatte ich nicht dabei. Als wir wieder auf dem Markt standen, drückte ich Ricci den Kakao in die Hand. »Halt mal«, sagte ich und verstaute mein Portemonnaie im Rucksack. Ricci legte beide Hände um den Becher.

»Du kannst gerne ein paar Schlucke trinken. Ist mir eh noch zu heiß.« Ich setzte meinen Rucksack wieder auf.

Schweigend gingen wir los. Ricci nippte am Kakao. Zum Glück dachte sie gar nicht daran, mir den Becher zurückzugeben.

Kurz vor dem Schultor blieb sie stehen.

»Du hast geredet«, sagte sie. »Also, beim Bäcker.«

»Monatelange Übung«, antwortete ich und lachte, als wär das nur ein Witz.

Ricci lachte nicht, sondern schaute mich nur an. Sie trank noch einen Schluck Kakao. Dann fragte sie: »Erklärst du es mir irgendwann?«

»Was meinst du?«, fragte ich zurück, obwohl ich genau wusste, was sie meinte. Auch Madame wusste, was sie meinte, stand prompt vom Sofa auf und räkelte sich. Ihre Tentakeln waren sofort überall.

»Wie das bei dir ist. Mit dem Reden und dem Schweigen.«

Madame fing an, mit ihren Tentakeln nach den Sätzen in meinem Kopf zu angeln. Als Frühsport sozusagen.

Ricci lehnte sich an die Mauer neben dem Schultor, trank den Kakao und wartete.

Reg dich ab, sagte ich zu Madame. *Setz dich wieder hin und reg dich verdammt noch mal ab. Das hier ist Ricci. Meine Freundin.*

Ich atmete in den Bauch und drückte sie mit jedem Atemzug ein bisschen mehr aufs Sofa. Es klingelte zur ersten Stunde. Ricci lehnte immer noch an der Mauer und wartete, als hätte sie alle Zeit der Welt. Für mich. Für meine Antwort.

»Klar«, brachte ich endlich raus und nickte.

»Cool.« Ricci lächelte.

Und dann waren wir startklar für den nächsten Schultag.

Den ganzen Vormittag über war Ricci müde. In der letzten Stunde schlief sie sogar kurz ein. Ich ließ sie schlafen und stupste sie erst an, als die Kämpen, unsere Religionslehrerin, durch die Reihen ging, um Arbeitsblätter auszuteilen.

»Sorry«, sagte Ricci, rieb sich die Augen und verschmierte dabei schwarze Wimperntusche. »Meine Nacht war scheiße und kurz.«

»Tja, früher ins Bett gehen hilft.« Die Kämpen ließ zwei Arbeitsblätter auf unsere Tischplatte segeln. Dann ging sie zurück zum Lehrerpult.

»Du mich auch«, murmelte Ricci leise.

Nicht leise genug. »Wie bitte?« Die Kämpen verschränkte die Arme vor der Brust. Am Hals hatte sie rote Flecken. »Wie war das?«

Ich starrte auf die Tischplatte. Alle hatten sich zu uns umgedreht, um ja nichts zu verpassen. Auch Madame stand vom Sofa auf. Aufmerksamkeit war für sie wie starker Kaffee. Von jetzt auf gleich war sie glockenwach und hibbelig.

Halt bloß die Klappe! Einfach nur lächeln!, bettelte ich Ricci in meinem Kopf an.

Und diesmal schien es tatsächlich zu funktionieren: Sie hielt die Klappe. Und lächelte nett.

Die Kämpen seufzte. »Gut. Okay. Ich denke, wir müssen hier nicht groß diskutieren. Das ist die erste Ermahnung.« Sie schrieb etwas ins Klassenbuch. »Dann tu doch mal was Sinnvolles in meinem Unterricht, Riccarda, und lies die Aufgaben vor.«

Und Ricci fing an:

»Erstens: Recherchiere: Welche Bedeutung hat dein Name? Zweitens: Frage nach: Warum haben deine Eltern diesen Namen für dich ausgesucht?

Drittens: Überlege: Warum will Frau Kämpen das alles wissen? Ist sie neugierig? Hat sie kein anderes Hobby?«

Vorne lachte Leon. Natürlich. Aber auch andere kicherten. Ziemlich viele sogar. Und ich konnte nur stumm dasitzen und zugucken, wie Ricci alles ruinierte.

Am liebsten hätte ich meine Stirn auf den Tisch gedonnert. Noch lieber: Riccis Stirn auf den Tisch gedonnert.

»Raus!«, brüllte die Kämpen. Mittlerweile war ihr ganzes Gesicht rot. »Raus!«

Jetzt lachte niemand mehr.

»Kein Thema«, sagte Ricci und stopfte ihren Collegeblock, meinen Kuli und das Arbeitsblatt in ihren Rucksack. »Bin schon weg.«

Ohne irgendwas zu mir zu sagen, rauschte sie aus dem Klassenzimmer.

»Voll die Psychotante«, sagte Fabienne.

»Klappe«, sagte Leon.

Das war gar nicht gut. Auf keinen Fall konnte ich Ricci jetzt alleine lassen. Nicht, dass sie noch weitere Katastrophen produzierte. Schnell wühlte ich in meiner Tasche nach einem Blatt. »Kümmere mich um Riccarda« schrieb ich darauf und: »Arbeite Unterricht nach.« Keine Ahnung, ob das irgendwas besser machte.

Ich zog meine Jacke an und holte einmal tief Luft. Dann ging ich an allen vorbei nach vorne, legte den Zettel aufs Pult, ging wieder an allen vorbei zur Tür – und war draußen.

Ich musste Ricci gar nicht lange suchen. Sie lehnte an der Skulptur vor der Schule und zeichnete. Als sie mich kommen sah, klappte sie den Block zu und winkte mir fröhlich. Als sei sie nicht gerade aus dem Unterricht geflogen.

»Du bist auch gegangen«, sagte sie. »Gute Entscheidung.«

»Das war total bescheuert«, sagte ich. »Was du da abgezogen hast.«

»Die Kämpen ist total bescheuert«, sagte Ricci.

Beides stimmte, fand ich. Trotzdem war ich weiter sauer. Ricci musste ständig übertreiben.

Schweigend machten wir uns auf den Weg zu mir nach Hause.

»Ihr seid früh dran«, meinte meine Mutter und stellte einen riesigen Topf Schinkennudeln auf den Tisch. »Ist was ausgefallen?« Sie hielt Ricci den Löffel hin.

»Nicht wirklich«, sagte ich.

»Nicht wirklich?«, fragte Aaron und ließ sich auf einen Stuhl fallen. »Klingt verdächtig.«

»Die Kämpen ist verdächtig«, sagte Ricci und häufte sich den Teller voll.

»Ey«, sagte Aaron. »Lass mir was übrig.«

»Aaron!« Meine Mutter klapste ihm auf die Schulter.

»Was denn? Ich bin immer noch im Wachstum.« Er zog den Topf zu sich. »Zurück zu euch.« Er zeigte mit dem Löffel auf Ricci und mich und verteilte dabei Schinkennudeln auf dem Tisch. »Ihr habt Mist gebaut?«

»Quatsch!«, sagte ich. Und gleichzeitig Ricci: »So sieht's aus.«

Dann war es erst mal ziemlich still.

Dann seufzte meine Mutter. »Also. Was war los?«

»Die Kämpen macht bescheuerte Arbeitsblätter. Was geht's die an, warum ich heiße, wie ich heiße?«, fauchte Ricci und spießte mit der Gabel ein paar Schinkenstücke auf.

»Vielleicht willst du das ja für dich selbst wissen?«, meinte meine Mutter.

»Nein.« Ricci schüttelte den Kopf.

»Matea bedeutet zum Beispiel ›Geschenk Gottes‹. Und genau das ist sie, für uns.«

Ich wurde rot. Ich konnte es fühlen. Mein Gesicht stand in Flammen.

»Das seh ich anders«, sagte Aaron. »Eher Plage Gottes.« Er lachte. Ich boxte ihn auf den Arm.

»Ja super.« Riccarda schaute auf ihren Teller und schob die letzten Nudeln hin und her. »Nach der Logik heißt Riccarda bestimmt so was wie ›Unfall‹. Jedenfalls wenn mein Vater den Namen ausgesucht hat.«

Mein Bruder hörte auf, den Topf auszukratzen, und starrte Ricci an. Ich wollte auf einmal ganz schnell in mein Zimmer. Und ich wollte Ricci fest in den Arm nehmen. Beides gleichzeitig. Also blieb ich wie versteinert sitzen.

»Weißt du«, sagte meine Mutter, »meine Eltern haben mich Elisabeth genannt, einfach, weil meine Großmutter so hieß.« Sie stand auf und holte ihr Handy aus der Küchenzeile. »Aber«, sie tippte etwas ins Handy ein, »trotzdem passt der Name perfekt zu mir. Vor allem, weil ich Pfarrerin geworden bin.« Sie schaute von ihrem Handy auf und lächelte. »Und ich habe das Gefühl, bei dir ist es genauso. Warum auch immer du Riccarda heißt – der Name passt zu dir.« Meine Mutter deutete auf das Handy und las vor: »Riccarda ist ein weiblicher Vorname und eine Ableitung des männlichen Vornamens Richard. Bedeutung: die Kühne, die Starke.«

Ricci schaute meine Mutter an und blinzelte. Die legte Ricci einmal kurz die Hand auf die Schulter, dann steckte sie ihr Handy in die Hosentasche und fing an, den Tisch abzuräumen. Das Besteck und die Teller klapperten laut in der sonst stillen Küche.

»Yes!«, jubelte da plötzlich Aaron los und wedelte mit seinem Handy. »Danke, Mama! Danke, Papa! Ich wusste, dass ihr schon immer an mich geglaubt habt! Aaron - Erleuchteter, großer Kämpfer, Held.«

Ich nahm ihm sein Handy weg. »Bist du dir sicher, dass Mama und Papa nicht an das hier gedacht haben?« Ich zeigte auf das Wort, das er bei den aufgezählten möglichen Bedeutungen ausgelassen hatte. »Bergmensch?«

»Tja«, lachte meine Mutter. »Das bleibt dann wohl unser Geheimnis.«

»Wir brauchen mehr Wolle«, meinte Riccarda und starrte auf das letzte, winzige Knäuel in der Loose-Kiste. »Sonst ist unser Projekt zu Ende, bevor es überhaupt angefangen hat.«

»Gut erkannt.« Ich warf mein Englischbuch und den Matheordner ins Regal.

Wir hatten zusammen Hausaufgaben gemacht, eine Entschuldigung für Frau Kämpen geschrieben und Ricci hatte unregelmäßige Verben gelernt. Jetzt nahm sie das Miniknäuel und eine Häkelnadel aus der Kiste. Sie setzte sich auf mein Bett und fing an, Luftmaschen anzuschlagen. Im Vergleich zu letzter Woche war sie schon richtig schnell.

»Wenn du mir hilfst, können wir die junge Loose wegen der Wolle fragen«, sagte ich.

»Die junge Loose? Heißt die echt so?« Ricci kicherte. Prompt rutschte ihr die Schlaufe von der Nadel. »Ach, Mist. Bescheuerter Fummelkram.«

Ich setzte mich neben sie und nahm ihr das Häkelzeug aus den Händen. »Also, die junge Loose ist die Tochter von der alten Loose.«

Ich häkelte zügig zehn weitere Luftmaschen und dann noch die erste Reihe. Als ich mit dem Häkeln anfing, hatte die alte Loose das auch immer für mich gemacht. Wenn man den wackeligen Anfang hinter sich hatte, wurde es einfacher.

»Und die junge trifft sich jeden Dienstag mit ihren Freundinnen im Café Kurtz.«

»Okay?«, meinte Ricci.

Vorsichtig reichte ich ihr die Häkelnadel und das Wollknäuel zurück. Aber schon bei der ersten Masche blieb Ricci hängen.

»Du musst die Nadel ein bisschen drehen.« Ich legte meine Hände auf ihre. Sie waren klein und ein bisschen rau an den Knöcheln. Auf den Fingernägeln blätterte der schwarze Nagellack ab. »Wenn du den Faden geholt hast, kommst du so besser durch die Maschen.« Wir häkelten gemeinsam ein Stück, dann ließ ich sie los.

Ricci zog in einem Schwups den Faden durch die nächste Masche. »Hast du das gesehen?« Sie strahlte. »Du bist echt die Hexenmeisterin der Handarbeit.«

»Das war eher die alte Loose.« Ich schnappte mir ein Kissen und ließ mich aufs Bett fallen. Ricci häkelte weiter.

»Die alte Loose hätte dich auch gemocht.« Ich musste schlucken. »Sie ist letztes Jahr gestorben.«

Ricci legte das Häkelzeug weg und legte sich neben mich auf den Rücken. Ihre kleine Hand schlüpfte in meine. »Warst du oft bei ihr?«

»Sie hat mir alles beigebracht«, sagte ich leise. »Häkeln, Stricken.« Ich stupste Ricci mit dem Ellbogen an. »Sie war wie du.«

»Wie ich? Meinst du dick? Oder laut? Oder kühn und mutig?«

Ich musste lachen. »Nein.« Ich machte eine Pause. Madame saß ruhig auf dem Sofa und häkelte an ihrem Mega-Schal. Ich gab mir einen Ruck. »Als wir hier hingezogen sind, kannte ich plötzlich niemanden mehr. Aber alle kannten mich. Ich war eben die Tochter von Pfarrerin Matzner. Alle haben erwartet, dass ich sie grüße. Mit ihnen rede. Ihre Fragen beantworte.«

»Alle?«

»Kam mir halt so vor.«

»Und da hast du lieber nichts gesagt?«

»Ich konnte nicht.« Wegen Madame. Aber von Madame traute ich mich noch nicht zu erzählen. »Aber bei der alten Loose konnte ich sprechen. Einfach so. Eben genau wie bei dir.«

Ricci schaute an die Decke und schwieg. Ihr Daumen machte kleine, kreisende Bewegungen auf meiner Hand. Es war so still, dass ich meine Mutter im Büro eine Etage tiefer telefonieren hörte. Aber es war diese Art von Stille, die vertraut und gemütlich und warm war wie eine Kuscheldecke.

»Und wobei soll ich dir jetzt helfen?«, fragte Ricci schließlich, ließ meine Hand los und setzte sich wieder hin.

»Ach so. Vielleicht schenkt die junge Loose uns die Wollreste von ihrer Mutter, also der alten Loose. Die braucht ja jetzt niemand mehr.«

»Okay.«

»Na ja. Kann sein, dass *du* sie danach fragen musst.«

»Okay«, sagte Ricci wieder nur.

»Echt?«

»Klar. Reden läuft bei mir, weißt du?« Sie grinste. »Außerdem gehört Material beschaffen zum Bereich Logistik.«

»Was soll das denn sein?«

»Unser Häkelprojekt. Du häkelst. Ich mach Entwurf und Logistik.«

»Hä? Entwurf und Logistik?«

»Warte kurz.« Ricci zog ihren Collegeblock aus dem Rucksack. Sie blätterte hin und her. Dann hatte sie die richtige Seite gefunden und legte sich wieder neben mich. »Hier.«

Ricci war einfach genial. Mit nur wenigen Kulistrichen hatte sie die Skulptur vor unserer Schule gezeichnet. Zwei Jungen, in kurzen Hosen und mit Schultaschen in der Hand. Es gingen zwar schon seit zig Jahren auch Mädchen auf unsere Schule, aber für sie hatte niemand eine Skulptur aufgestellt.

Bis jetzt. Denn jetzt gab es uns. Ricci und Mats.

»Ist nur 'ne grobe Skizze. Von Häkeln habe ich ja keine Ahnung. Also, wenn du was ändern willst oder es blöd findest, dann ...«

»Blöd? Spinnst du? Das ist genial!«

»Echt?«

Ich zerwuschelte ihr die Haare. Aber nur, weil sie heute frisch gewaschen waren. »Das wird der Knaller.«

Ricci strahlte. »Lass uns ins Café Kurtz gehen. Unser Projekt braucht die Frauenhilfe.«

»Ich glaub, die Loose ist nicht da«, meinte Ricci. Wir standen vorm Café Kurtz und versuchten, uns durch die große Scheibe in der Tür einen Überblick zu verschaffen. »Sind nur Alte da.«

»Die junge Loose ist auch alt«, erklärte ich. »Sie heißt nur jung, weil die andere eben *noch* älter war.«

»Meinst du, wir haben dann auch diese Lockenwickler-Locken?«

»Wann?«

»Na, wenn wir alt sind.«

»Keine Ahnung.« Ich wischte die beschlagene Scheibe wieder frei. »Vielleicht.«

»Das ist gruselig.« Ricci schüttelte sich. »Falls ich je irgendwann damit anfange, darfst du mir die Haare raspelkurz schneiden.«

»Das wär schön.«

»Du freust dich darauf, mich wie ein Schaf mit dem Rasierer zu scheren? Na, super.«

»Nein. Ich meine: Stell dir vor, wir sind dann immer noch Freundinnen. Also, wenn du graue Haar hast – und Lockenwickler-Locken.«

»Das wird so sein, Mats. Das schwör ich dir.« Ricci legte den Arm um mich und zog mich zu sich ran. »Und bis dahin häkeln wir die ganze Stadt zu.«

Riccis Kunstlederjacke roch nach abgestandenem Rauch und Plastik und klebte kalt an meiner Wange. Trotzdem ließ ich meinen Kopf auf ihrer Schulter liegen. »Dafür brauchen wir aber jede Menge Wolle. Für die ganze Stadt.«

»Definitiv«, sagte Ricci und ließ mich los. »Bist du bereit?«

Ich nickte. Madame saß mit grauer Lockenperücke und Torte entspannt auf ihrem Sofa. »Bereit.«

Ich drückte die Tür zum Café auf. Die altmodische Glocke über der Tür bimmelte. Und alle grauen Lockenköpfe drehten sich zu uns. Madame stopfte die ganzen Blicke mitsamt ihrer Torte in sich hinein. Dick und fett und grimmig stellte sie den Teller ab und streckte sich.

»Wir sollten noch ein paar Schritte gehen, Mats«, sagte Ricci hinter mir und schob mich ins Café. Die Tür bimmelte wieder und fiel ins Schloss.

»Und?«, fragte Ricci. »Wer von denen ist es?«

Die Frauenhilfe traf sich immer am großen Fenstertisch in der Ecke. Ich packte Ricci am Arm und zog sie in die richtige Richtung. Wir waren noch nicht ganz da, als Gitta über die Tische hinweg rief: »Na, das ist ja mal 'ne anständige Frisur!«

Gitta war die beste Freundin von der jungen Loose. Sie wohnten sogar zusammen. Gitta hatte kurze Haare, die eigentlich grau waren, aber im Moment ziemlich rot leuchteten. Wie Riccis Strähne eben.

»Na ja, Geschmackssache, Gitta«, meinte die Brockner, die Frau vom Küster, als wir neben dem Frauenhilfe-Tisch ankamen.

Schnell drehte ich ihr den Rücken zu. Die junge Loose anzuschauen war besser. »Matea«, sagte die und blinzelte mich durch die dicken Brillengläser an.

Ich schluckte. Die Gespräche am Tisch waren verstummt und natürlich guckten alle mich an.

Zurückhaltend.

Schüchtern.

Nicht ganz normal.

Behindert.

In meinem Kopf jonglierte Madame mit den Wörtern, die ich Gitta und die Brockner und die junge Loose und andere über mich hatte sagen hören.

Die junge Loose fragte: »Wolltest du zu mir?«

Ich fühlte, wie ein Schweißtropfen mir unter meinem Pulli den Rücken runterlief.

Riccis Hand schlüpfte in meine und drückte feste zu. So fest, dass es ein bisschen wehtat. Aber das war gut. Es lenkte mich ab.

Dann sagte sie: »Wir wollen für einen guten Zweck häkeln.«

Was???

»Ihr häkelt? Wie hübsch!«, rief Gitta.

Ricci strahlte sie an. »Es geht um benachteiligte Mädchen. Die wollen wir ein bisschen unterstützen. Sie wissen schon ...«

Oh Mist!

»Wie schön«, sagte jetzt eine Frau mit Lockenwickler-Locken, die ich tatsächlich nicht kannte.

»Genau. Und wir sind auf der Suche nach Wollspenden. Fundraising.«

»Da seid ihr hier genau richtig.« Gitta tippte der jungen Loose auf die Hand. »Die Kartons von deiner Mutter stehen doch sowieso nur rum, oder? Die können die jungen Damen doch haben.« Sie zwinkerte uns wieder zu. »Damit könnt ihr die halbe Stadt umhäkeln.«

Ricci kicherte.

»Gute Idee.« Die junge Loose schaute auf die Uhr. »Wenn ihr jetzt zu ihrem Haus geht, ist vielleicht noch der Entrümpler da. Sagt ihm einfach, dass ich euch geschickt habe.«

»Danke«, sagte Ricci. »Sie sind die Beste!« Sie warf ihr eine Kusshand zu.

Voll peinlich.

Die junge Loose wurde tatsächlich ein bisschen rot.

Hektisch zog ich Ricci vom Tisch weg Richtung Ausgang.

»Coole Frisur, übrigens«, rief sie über die Schulter Gitta zu.

»Na ja«, meinte prompt die Brockner.

Die Glocke der Tür klingelte über unseren Köpfen.

Dann standen wir endlich wieder auf dem Marktplatz.

»Wir kriegen Ärger«, stöhnte ich und sank auf die nächste Bank. »So was von.«

»Wieso das denn bitte? Lief doch voll geschmeidig.« Ricci setzte sich neben mich.

»Ach ja? Und was sollte das mit den benachteiligten Mädchen? Mit dem Projekt?«

»Was soll damit sein?«

»Das gibt's doch gar nicht! Das war hundert Prozent gelogen!«

»Ach, wenn schon.« Ricci zuckte mit den Schultern. »Der Zweck heiligt die Mittel. Wir wollten Wolle. Wir haben Wolle.«

»Aber doch nicht so.« Ich schüttelte den Kopf. »Meine Mutter wird sich ziemlich aufregen.«

»Deine Mutter wird gar nichts davon erfahren.«

»Oh doch. Wenn's blöd läuft, schon morgen Abend.«

»Echt?«

»Bibelgesprächskreis für Senioren. Alle, die da drin saßen, gehen hin.«

»Kennst du eigentlich alle Veranstaltungen für Omas auswendig?«

»Nicht alle. Nur die, bei denen die alte Loose war. Dann hatte sie nämlich keine Zeit.«

Ricci dachte einen Moment nach. »Ich hab's!« Sie sprang von der Bank auf. »Eigentlich war überhaupt nichts gelogen.«

»Ach, komm schon, Ricci.«

»Es gibt ein Projekt. Oder?«

»Klar, aber ...«

»Und benachteiligt sind wir auch: Seit Jahrzehnten gehen Mädchen in unsere Schule, und immer noch sagen jeden Morgen diese Jungs aus Bronze zu uns: ›Früher hat es das ja hier nicht gegeben: Mädchen. Bist du dir sicher, dass du richtig bist?‹«

Irgendwie hatte Ricci ja Recht. Auch wenn die Loose und Gitta sicher an was ganz anderes gedacht hatten.

»Genial, oder?« Ricci boxte mich auf die Schulter.

»Ein bisschen«, gab ich zu.

»Ha!« Ricci reckte die Faust in die Luft.

Und dann gingen wir los. Wolle holen.

Beim Loose-Haus konnten wir durch das Glas in der Haustür die Lampe im Flur brennen sehen, und das Küchenfenster war gekippt. Trotzdem öffnete niemand. Auch nicht, nachdem Ricci Sturm geklingelt hatte.

»Und jetzt?«, fragte sie.

»Gucken wir mal hinten. Vielleicht ist jemand im Garten.«

Der schmale Weg um das Haus herum war von Brombeerranken überwuchert. Der Rasen hatte große, braune Flecken vom Winter, und in den Pflanztöpfen auf der Terrasse gammelten Blumenleichen vor sich hin. Aber Ricci war begeistert. »Wow, ist das schön hier«, rief sie und stapfte einmal quer über die Sumpfloch-Wiese. »Die Bäume sind ja riesig.« Sie legte bei einem erst die Hand an die Rinde, dann schnupperte sie daran.

Ich lachte. »Was machst du da?«

»Ich liebe diesen Geruch.« Sie legte ihre Wange an die Rinde. »Wir hatten noch nie einen eigenen Garten.«

Ich dachte an unseren grünen Hinterhof. Das kleine Fleckchen Rasen. Es reichte für ein Planschbecken. Für den Grill. Für eine Picknickdecke in der Sonne. Plötzlich kam mir das ziemlich viel vor.

Ich zeigte auf den Baum mit der dicken Astgabel. »In dem da hinten durfte mein Vater früher im Sommer eine Schaukel aufhängen. Für Aaron und mich.«

»Wart ihr oft hier?«

»Schon.« Ich schluckte.

Ricci streichelte noch einmal über die Rinde des Baumes. Dann ging sie zur Terrassentür. Als sie gegen die Scheibe klopfte, schwang die Tür auf. Überrascht schauten wir uns an.

»Hallo?«, rief Ricci. Und dann noch einmal lauter: »Hallo?!«

Wir lauschten. Nichts.

»Niemand da«, meinte Ricci und marschierte einfach durch die offene Tür ins Wohnzimmer.

»Bleib hier«, zischte ich, aber Ricci ging einfach weiter. Sie hinterließ dabei dicke Dreckklumpen auf dem abgeschabten Parkett.

»Hallo?«, schrie sie wieder. »Die Frau Loose schickt uns. Wegen Wolle. Was dagegen, wenn wir uns umschauen?« Sie machte eine Pause. »Scheint nicht so«, sagte sie dann zu mir. »Also, wohin müssen wir?«

»Komm raus!«

»Komm rein«, antwortete Ricci und latschte seelenruhig durchs Wohnzimmer. Vor dem Bücherregal blieb sie stehen und betrachtete eine Porzellanfigur. »Wieso spielt das Kind nackt mit einem Hund?«, murmelte sie und drehte die Figur hin und her. »Irgendwie pervers.«

Dann entdeckte sie den Plattenspieler. »Ich werd verrückt!« Sie hob den dunklen Glasdeckel hoch. »Wahnsinn. Das ist so verdammt cool! Ich liebe diesen Retro-Kram!«

»Ricci! Mach das Ding zu!«

Mit einem Klonk ließ sie den Deckel fallen. »Jetzt komm endlich. Je schneller du drin bist, umso schneller finden wir die Wolle und sind auch wieder raus hier.« Sie ließ sich in den

Sessel neben dem Plattenspieler fallen. Eine riesige Wolke Staub wirbelte auf und Ricci fing an, wie verrückt zu niesen.

Ich seufzte. »Wir müssen in die Küche.« Ich ließ sie in der Staubwolke sitzen und ging den dunklen Flur runter.

Immer wieder hatte mein Vater versucht, die alte Loose dazu zu überreden, ein paar Sachen zu renovieren. Mal wollte er für sie die Fenster austauschen lassen. Dann wieder die alte Heizung rausreißen, die noch irgendwie mit Strom funktionierte. Oder wenigstens die abgenutzte Küche durch eine neue ersetzen. Fast jeden Sonntag hatte er beim Kirchenkaffee Prospekte und Pläne dabei.

»Mach das, wenn ich nicht mehr da bin«, hatte die alte Loose immer zu meinem Vater gesagt. »Meine Tochter freut sich bestimmt über deine Renovierungspläne.«

»Aber ich will es jetzt machen. Für dich«, antwortete mein Vater dann, woraufhin die alte Loose mit der Zunge schnalzte und sagte: »Dein Charme hat bei mir noch nie gezogen«, und ihren Rollator weiterschob.

Mich hatten die undichten Fenster und die komischen, kotzgrünen Küchenschränke noch nie gestört.

Für mich war die Loose-Küche immer der beste Platz der Welt gewesen, der nach Kaffee und der Tonne Haarspray duftete, mit der die alte Loose ihre auftoupierten Haare betonierte.

Aber jetzt roch es hier nur noch feucht und verlassen, nach gammelndem Abfluss und altem Fett.

»Ich fass es nicht«, sagte Ricci hinter mir, nieste noch einmal und strich über die Schranktüren. »Dieses Haus ist der Wahnsinn.«

Ich klappte die Küchenbank auf und fing an zu wühlen.

»Zieht hier die junge Loose ein?« Ricci zog sich einen Küchenstuhl unter dem Tisch raus und setzte sich.

»Glaub nicht. Sie hat ein eigenes Haus. Zusammen mit Gitta.«

»Die wohnen zusammen? So richtig?«

»Wie meinst du das?« Ich klappte die Küchenbank zu. Mist. Sonst war die Wolle immer da drin. Die alte Loose musste kurz vor ihrem Tod noch mal aufgeräumt haben.

»Na ja, also, ist das eher so WG- oder mehr so paarmäßig?«

»Also ...« Darüber hatte ich noch nie nachgedacht. Gitta und die Loose wohnten schon immer zusammen. Das war einfach so. Und Ende. »Keine Ahnung.«

Ich machte den Schrank bei der Tür auf. Hier waren schon mal jede Menge Kartons. Im ersten war ein Berg gebrauchtes, sorgfältig geglättetes Geschenkpapier.

»Ich tippe auf Paar.«

»Ja?« Irgendwie gefiel mir das. Ich zog den nächsten Karton raus. Oster-Deko.

»Ja.« Ricci fing an, einen Küchenschrank nach dem anderen aufzureißen. »Was machen sie dann hiermit? Also mit dem Haus?«

»Wissen sie noch nicht, sagt meine Mutter. Vielleicht schenken sie es der Kirche. Für einen guten Zweck oder so.« Der dritte Karton war riesig, aber leicht. Volltreffer. Wolle.

»Ich würde hier sofort einziehen«, meinte Ricci und machte den Hängeschrank neben dem Fenster auf. Ein Glaskrug, der oben auf dem Schrank stand, wackelte ganz kurz auf der Kante herum, dann flog er haarscharf an Riccis Kopf vorbei und zersplitterte mit einem Knall in tausend Scherben.

Ricci atmete einmal tief durch. »Scheiße, hab ich mich erschreckt.« Sie schob ein paar Scherben mit den Füßen zusammen. »Meinst du, die bringen mir Glück?«, fragte sie.

»Keine Ahnung.« Meine Stimme zitterte vor Schreck.

Wir starrten auf die Scherben.

Plötzlich fragte jemand hinter uns: »Was macht ihr hier?«

Ein Mann stand in der Küchentür. Madame sprang in Rekordzeit vom Sofa. Mein Herz trommelte in meiner Brust. Ricci machte ein komisches Geräusch. Als ob ihr jemand oder etwas den Hals zudrückte. Und erst da merkte ich, dass der Mann unter der schwarz-gelben Kappe zwar Ricci anstarrte, aber nur mit einem Auge. Das andere peilte Richtung Küchenbank. Verdammt! Der Schieler! Er trug eine Latzhose, auf der »Entsorgo – fix und fair« stand. Der Schieler war der Entrümpler hier? Das gab's doch gar nicht!

Scherben knirschten auf dem Küchenboden, als er sich an dem Wollkarton vorbeischob und vor Ricci aufbaute.

»Du läufst mir in letzter Zeit ein bisschen zu häufig über den Weg.« Er hielt eine Hand mit ausgestreckten Fingern vor Riccis Gesicht. »An der Bude, beim Trödelladen, vorletzte Woche an der Haltestelle und jetzt hier.« Für jede Begegnung hatte er einen Finger eingezogen. Jetzt war nur noch der kleine übrig.

Ricci starrte auf ihre Schuhe und zuckte mit den Schultern. »Zufall«, murmelte sie.

»Zufall, so, so.« Der Schieler ließ die Hand fallen und wippte auf die Zehenspitzen und zurück. »Und das hier?

Was wird das?« Er zeigte in der Küche herum, auf die Scherben, auf den Karton, auf mich.

»Wir dürfen hier sein.« Ricci hob den Kopf und schob das Kinn vor. »Können Sie die Loose fragen.«

»Ach ja?« Der Schieler machte noch einen Schritt auf Ricci zu, rutschte dabei aber auf den Scherben aus. Er ruderte mit den Armen und hielt sich im letzten Moment an der Spüle fest. Ricci schlängelte sich blitzschnell an ihm vorbei.

»Lass uns abhauen.« Sie hob den Karton auf der einen Seite hoch. »Mach schon.«

Kaum hatte ich den Karton auf der anderen Seite angepackt, raste Ricci los. Ich schlitterte hinter ihr her ins Wohnzimmer.

Eigentlich hatte ich die Terrassentür offen gelassen. Aber jetzt war sie zu. Ricci balancierte mit einer Hand den Karton, mit der anderen Hand zerrte sie am Griff. »Wie geht der Mist hier auf?« Sie rüttelte an der Tür. »Hat der Blödmann abgeschlossen?«

Ich ließ den Karton los. Er rutschte aus Riccis Hand und landete mit einem dumpfen Schlag auf dem Boden. Ricci sah erschrocken zu mir. »Wir müssen hier raus, Mats. Wir haben keine Zeit für …«

Mit beiden Händen legte ich den Hebel neben der Tür um. Er klemmte und quietschte, aber die Tür schwang auf.

Ricci stürmte nach draußen und ließ mich mit dem Riesenkarton im Wohnzimmer stehen. Aus der Küche konnte ich den Schieler telefonieren hören. Schnell hob ich den Karton hoch und stolperte hinter Ricci her in den Garten. Sie rannte in einem für sie irren Tempo über das kleine Pfädchen um das Haus herum. »Jetzt warte doch mal«, keuchte ich. Ich quetschte mich mit dem großen Karton durch die schmale Lücke zwischen Brombeergestrüpp und Hauswand. Die Dornen zerkratzten meine Hände und verhakten sich in meiner Hose. Als ich endlich auf den Bürgersteig stolperte, riss der Schieler das Küchenfenster auf. »Glaubst du, ich weiß nicht, dass du bei deiner Tante wohnst?«, schrie er Ricci hinterher. »Aber nicht mehr lange!« Er knallte das Fenster wieder zu.

Am Briefkasten blieb Ricci stehen und ließ sich einfach auf den Bürgersteig fallen. Ich stellte den Karton ab und schüttelte meine Arme aus. Dann setzte ich mich neben sie und lehnte mich an den Briefkasten. Mein Hintern war sofort total kalt.

Wir schwiegen. Tausend Fragen stapelten sich in meinem Kopf. Ich stellte keine einzige. Stattdessen zog ich den Karton zu mir und öffnete ihn. »Immerhin haben wir Wolle.« Ich holte ein knallrotes Jumbo-Knäuel heraus. »Und das nicht zu knapp.«

Ricci sagte immer noch nichts. Mittlerweile keuchte sie nicht mehr, aber ihr Gesicht war so rot wie die Wolle.

»Das reicht locker für die benachteiligten Mädchen.« Ich warf das Jumbo-Knäuel in den Karton zurück. Weil Ricci nach wie vor schwieg, wühlte ich eine flauschige Wolle in Grün hervor und quasselte einfach weiter. Ausgerechnet ich. »Wir sollten bald Maß nehmen, weißt du? Ich glaub, das hier ist perfekt für die Mütze. Wenn ich dann noch mit dem Rot die ...«

»Meinst du, ich kann bei dir übernachten?«, unterbrach mich Ricci. Sie schaute mich nicht an und ihre lange, rote Ponysträhne verdeckte ihr halbes Gesicht.

»Klar.« Jederzeit, hatte meine Mutter gesagt. Anscheinend war jederzeit genau jetzt. Heute Nacht. Ich stopfte die Wolle zurück und klappte den Karton wieder zu.

»Super.« Ricci stand auf. Ich auch. Viel länger hätte ich auf den kalten Steinen eh nicht sitzen können.

»Ich hol schnell mein Zeug. Zahnbürste und so.« Sie schaute die Straße hoch, zum Loose-Haus. Aber vom Schieler war nichts zu sehen. »Bis dann«, sagte sie und verschwand um die nächste Ecke. Vielleicht Richtung Markt. Vielleicht zur 109. Was wusste ich schon.

Mein Vater öffnete mir die Tür. Ich ließ den riesigen Wollkarton fallen, schob ihn mit dem Fuß an meinem Vater vorbei über die Schwelle und schüttelte meine Arme aus.

»Was hast du denn da angeschleppt?«, fragte mein Vater.

Ich stieg über den Karton und ließ mich auf die Treppe fallen. Meine Gedanken waren komplett verheddert.

»Ricci schläft heute hier«, sagte ich.

»Okay.« Mein Vater stellte den Karton ein bisschen weiter in den Flur und schloss die Tür.

»Ich weiß aber nicht, warum.« Ich machte die Jacke auf und zog sie über die Schultern.

»Weil sie dich mag? Weil sie mit dir die halbe Nacht durchquatschen will?«

Ich schüttelte den Kopf. Ein dickes Knäuel Traurigkeit steckte plötzlich in meinem Hals.

»Hat es was mit dem hier zu tun?« Mein Vater stupste den Karton an.

Ich schüttelte wieder den Kopf.

»Rück mal.« Ich rutschte zur Seite und mein Vater quetschte sich neben mich auf die Treppenstufen.

»Bald passen wir hier nicht mehr nebeneinander«, schnaufte er. »Du wirst einfach zu groß.«

»Du aber auch«, sagte ich und lehnte mich an ihn.

Er lachte und legte mir den Arm um die Schultern. Wir schwiegen eine ganze Weile.

»Ich glaub, so was hat Ricci nicht«, sagte ich irgendwann.

Mein Vater seufzte. »Einen Vater, der langsam, aber sicher kugelig wird?«

Ich knuffte ihn mit dem Ellbogen in den Bauchspeck. »Quatsch. Ich meinte: einen Platz, wo sie zu Hause ist, weißt du?«

»Ja,« sagte mein Vater nur. Und dann: »Wie gut, dass sie dich hat.«

Er drückte mich kurz an sich, stemmte sich von der Stufe hoch und holte eine Matratze und Bettzeug vom Dachboden.

Ricci kam mit einer riesigen, schwarzen Tasche zu mir. Gemeinsam schleppten wir sie die Treppe hoch.

»Wie lange willst du denn bleiben?«, fragte ich sie. »'ne Woche?« War natürlich nur Spaß. Klar blieb sie nur eine Nacht. Wie eben sonst Charlotte. Jemand anderes hatte eh noch nicht bei mir übernachtet.

In meinem Zimmer ließ ich mich auf meinen Sitzsack fallen. Ricci schob das schwarze Monster vor meinen Schrank.

»Weiß nicht«, sagte sie. »Bis sich eben alles ein bisschen beruhigt hat.«

»Du meinst die Sache mit dem Schieler?«

Ricci lachte. »Das ist gut. Der Schieler.« Sie ließ ihre Augen zur Nase wandern.

»Stimmt das, was der behauptet hat? Dass du bei deiner Tante wohnst?«, fragte ich. Ricci hörte auf zu schielen. Sie drehte sich zu ihrem Taschenmonster um und machte den Reißverschluss auf.

»Nicht wirklich«, sagte sie.

»Nicht wirklich? Wie kann man nicht wirklich irgendwo wohnen?«

Ricci drehte sich um und ließ sich mit dem Hintern auf ihre Tasche plumpsen. »So, wie ich eben jetzt bei dir wohne.«

Ich schaute mich um. Mein Zimmer war nicht gerade klein. Aber mit der Matratze und dem Bettzeug und dem Riesenviech von Tasche war es ziemlich voll. Man kam kaum noch zum Fenster durch.

»Also ...«, ich zögerte, »ist es eher so wie ... übernachten?«

»Genau. Übernachten.« Ricci stand wieder von der Tasche auf. Sie wühlte darin herum, zog etwas heraus und warf es mir zu. Es war die Jogginghose, die ich ihr nach dem Ausflug zum Trödelladen geliehen hatte. »Müsste gewaschen sein.«

Ich legte die Hose langsam und sorgfältig zusammen. »Ich find's cool, dass du bei mir übernachtest«, sagte ich dann und strich die Hose auf meinem Schoß glatt.

Ricci hörte auf zu wühlen. »Ja«, sagte sie. »Ich auch.«

Und dann fing Ricci an zu weinen. Meine starke, kühne Ricci.

Sie kniete immer noch mit dem Rücken zu mir bei ihrer Tasche. Ich hockte mich neben sie, legte meine Arme um sie und zog sie an mich. Sie zitterte am ganzen Körper. Von unten rief meine Mutter zum Essen. Ich blieb sitzen und antwortete nicht. Wiegte Ricci. Die Zimmertür öffnete sich und meine Mutter streckte den Kopf rein: »Wo bleibt ihr denn? Ich hab schon vor einer Ewigkeit …« Als sie uns sah, schloss sie schnell wieder die Tür.

Ricci atmete einmal zittrig ein und zog die Nase hoch.

»Manchmal ist alles Scheiße hoch zwei«, sagte sie und schluchzte noch einmal.

Ich wusste nicht, was ich antworten sollte. Ich wusste ja noch nicht mal genau, was eigentlich los war. Also sagte ich: »Geteilt durch fünf ist es nicht mehr so schlimm.« Das war ein Spruch meiner Mutter. Sie rechnete zu den vier Mitgliedern unserer Familie immer noch Gott mit dazu. Aber jetzt gab es ja Ricci. Da passte fünf auch ohne Gott.

Riccis Bauch knurrte. Ziemlich laut. Ricci lachte ein bisschen zittrig.

»Wenn ich mich nicht täusche«, ich schnupperte, »dann hat mein Vater heute Abend seine berühmten Frikos gemacht.«

»Oh, Mann. Ich liebe Frikos«, seufzte Ricci und stand auf.

Ich auch. »Na dann«, sagte ich.

»Na dann«, sagte Ricci und wischte sich mit den Fingern die verlaufene Wimperntusche unter den Augen weg. »Ran an die Frikos.«

»Mist«, meinte Aaron, als wir in die Küche kamen. »Ihr hättet ruhig wegbleiben können.«

»Ich find's auch toll, dich zu sehen«, antwortete ich und setzte mich mit Ricci auf die lange Bank.

»Nur wegen der Frikadellen. Ich hatte auf zwei mehr gehofft.«

»Achte nicht auf meinen unhöflichen, verfressenen Sohn«, sagte mein Vater und schob Ricci Frikadellen auf den Teller.

»Geht klar«, sagte Ricci und quetschte sich einen riesigen See Ketchup neben die Frikadellen.

»Du Verräter«, sagte mein Bruder zu meinem Vater, »jetzt fällst du mir in den Rücken, aber gerade hast du noch gehofft, dass Ricci Vegetarierin ist.«

»Nicht gehofft. Überlegt. Befürchtet«, meinte mein Vater.

»Ja klar. Red dich ruhig raus.«

Das Telefon klingelte. Erst im Büro meiner Mutter, dann in der Küche.

»Lass es klingeln«, sagte mein Vater. »Es ist schon sieben und du hast auch mal Feierabend.«

Meine Mutter stand natürlich trotzdem auf. Mein Vater seufzte. »Manchmal hasse ich diesen Job.«

»Ja, die ist bei uns«, sagte da meine Mutter am Telefon. Sie deckte den Telefonhörer zu und flüsterte: »Deine Mutter, Ricci.« Alle am Tisch hörten auf zu essen und lauschten.

»Nein, das ist gar kein Problem. Sie kann jederzeit ...« Meine Mutter verstummte. Ihre Augen huschten zu Ricci, dann verließ sie die Küche.

»Na«, meinte Aaron. »Hast du Mist gebaut?«

»Mist bauen ist mein zweiter Vorname, Bergmensch.«

Ricci verdrehte die Augen. Ich kicherte. Dann schwiegen wir, bis meine Mutter zurückkam.

»Alles klar?«, fragte mein Vater.

»Ja«, antwortete meine Mutter und trank einen Schluck Tee. »Ich hab deiner Mutter versprochen, Ricci, dass du sie gleich noch mal anrufst.«

Ricci nickte. »Mach ich.«

»Du kannst unser Festnetz benutzen. Dann sparst du Guthaben.«

»Danke.« Ricci schob ein Stück Frikadelle im Ketchup herum. »War sie sehr sauer?«

»Nein.« Meine Mutter schob sich mit beiden Händen die Haare aus dem Gesicht. »Eher traurig. Aber das kriegen wir schon hin, okay?«

Ricci antwortete nicht. Aber sie nickte. Und sie aß alle ihre Frikadellen auf. Das war ein gutes Zeichen, denke ich.

Nach dem Essen gingen wir zur Schule. Maß nehmen. Das hatte Ricci vorgeschlagen. Bestimmt, weil sie nicht über das Telefonat mit ihrer Mutter reden wollte.

Offiziell waren wir natürlich nur eine Runde spazieren. Es war dunkel. Und kalt. Und das Schultor war abgeschlossen.

»Mist.« Ich rüttelte vorsichtig an dem Tor. »Und jetzt?«

»Aufgeben kommt nicht in Frage, oder?«

»Wir brauchen die Maße.«

»Dann müssen wir wohl klettern«, seufzte Ricci. »Falls ich dabei tödlich verunglücke, die Handynummer meiner Mutter findest du auf eurem Festnetztelefon.«

»Das Tor ist vielleicht zwei Meter hoch, Ricci. So schnell

stirbst du da nicht.« Ich kletterte auf den Mauervorsprung neben dem Tor und stellte von da aus meinen Fuß auf den Torknauf.

Dann zog ich mich nach oben und sprang auf der anderen Seite runter. Das ging ganz locker.

Auch Ricci kam ohne Probleme bis zum Knauf. Aber als sie sich auf das Tor ziehen wollte, rutschte sie mit dem Fuß ab. Sie stieß einen Schrei aus, klammerte sich oben am Tor fest und strampelte wild mit den Füßen.

»Halt still«, zischte ich und setzte ihren Fuß zurück auf den Knauf.

»Mist, Mist, Mist«, jammerte Ricci, schaffte es aber im zweiten Anlauf nach oben und ohne weitere Unfälle auf die andere Seite.

»Ihr seid ja total unauffällig«, sagte da plötzlich jemand.

»Ja wirklich. Man hört euch leider nur in der halben Straße«, meinte jemand anderes.

Aus dem Schatten der Büsche neben dem Tor kamen Leon und Yasser auf uns zu. Ausgerechnet. Madame Schüchtern schreckte aus ihrem langen Nickerchen hoch und fing an, mit fliegenden Tentakeln die Sofakissen aufzuschütteln.

»Ach nee«, sagte Leon und grinste mich an. »Die brave Matea.«

»Ach nee«, äffte Ricci Leon nach. »Der doofe Leon.«

»Was macht ihr hier?«, fragte Yasser. Er guckte dabei nur mich an. Prompt zückte Madame auch noch den Staubwedel. Mir wurde schlecht. Und heiß. Ihr Gezappel machte mich wahnsinnig. Ich drehte mich weg und ging rüber zu den Jungs aus Bronze.

»Ein Projekt«, antwortete Ricci. »Und jetzt verzieht euch.«

»Ein Projekt? Was für ein Projekt?« Leons Stimme kiekste.

Ich schaute an den Bronze-Jungs hoch. Für die Mütze würde ich auf jeden Fall klettern müssen. Ich stieg auf den Sockel und hielt mich an einem Bronze-Arm fest.

»Das würdest du gerne wissen, was?« Ricci kam langsam in Fahrt. »Aber das ist 'ne Mädchensache.«

»'ne Mädchensache? Du diskriminierst mich. Du schließt mich aus, nur weil ich ein Junge bin.«

»Ich schließ dich aus, weil du ein Idiot bist.«

Vorsichtig richtete ich mich auf. Der Sockel war ziemlich schmal. Mit einer Hand tastete ich nach dem Maßband. Prompt rutschte mein Fuß vom Sockel. Schnell klammerte ich mich an den Arm der Statue. Mein Maßband segelte nach unten, blieb aber zum Glück an meinem Fuß hängen.

»Vielleicht denkst du jetzt auch, dass ich ein Idiot bin, aber ich halt dich lieber mal fest«, sagte da Yasser hinter mir und legte seine Hände links und rechts an meine Waden.

Madame erstarrte. Ich auch. Ich fühlte Yassers Hände warm durch meine Jeans.

»Okay?«, fragte Yasser.

Die Wärme wanderte meine Beine hoch. Direkt in meinen Bauch. Madame torkelte und ließ sich samt Staubwedel aufs Sofa sinken. Und ich antwortete Yasser zum ersten Mal. Ich nickte. Einmal. Zweimal. Dreimal. Viermal. Fünfmal.

Yasser lachte. »Also, okay.«

Sofort hörte ich auf zu nicken. Ich war so ein Trottel.

Yasser löste die Hand von meinem rechten Bein, hob das Maßband auf und hielt es mir hin.

Ich schnappte es mir und fing an zu messen. Den Kopf. Die Schultern. Die Taille. Die Länge der Oberschenkel. Ich wünschte, ich hätte Yasser die Zahlen zurufen können: *Kopf 45, Schultern 60. Taille 52.* So musste ich sie mir alle merken. Was gar nicht so leicht war, mit der Yasser-Hitze, die mittlerweile in meinem Kopf angekommen war.

Als ich fertig war, rollte ich das Maßband ein.

»Kommst du alleine runter?«, fragte Yasser und ließ meine Beine los. Ich nickte. Einmal. Ich wurde besser. Yasser machte einen Schritt zurück. Langsam ging ich in die Hocke und sprang dann vom Sockel. Unten zückte ich mein Handy, öffnete eine neue Notiz und tippte die Zahlen ein.

»Erzählst du mir, was ihr vorhabt?«

Ich machte weiter mit den Notizen. Auf keinen Fall konnte ich ihn angucken. Aber ich schüttelte den Kopf.

»Schade.«

»Sehr ritterlich«, sagte da Ricci. »Wirklich, Yasser«, und hielt ihr Handy hoch. Sie hatte ein Foto von uns gemacht. Genau in dem Moment, als Yasser mir das Maßband gab. Er lächelte mich an. Das hatte ich verpasst, weil ich ihn nicht hatte angucken können.

»Und außerdem ziemlich praktisch.« Sie wischte das Foto wieder weg. »Jetzt hängt ihr nämlich mit drin.«

»Moment? In was hängen wir drin? Ich denk, das ist was für Mädchen?« Vor lauter Aufregung fiepste Leon nur noch.

»Tja.« Ricci winkte mit dem Handy. »Ein Wort zu jemandem, und es ist auch was für Jungs.«

Yasser schüttelte den Kopf. »Als ob wir irgendwas petzen würden. Jetzt mal ehrlich, Ricci.«

»Dann ist ja gut.« Ricci ging zum Schultor. Sie blieb stocksteif davor stehen. »Alarmstufe Rot, Mats. Alarmstufe Rot!«

Wie der Blitz verschwanden Yasser und Leon in den Büschen. So viel zum Thema ritterlich. Ich ging zu Ricci und spähte durch das Tor. Die Straße lag absolut still da. Es hatte angefangen zu nieseln. Auf der anderen Straßenseite ließ jemand die Rollläden runter. Aber sonst: kein Hausmeister, kein Hundebesitzer, keine neugierige Oma.

»Was ist?«, flüsterte ich. Schließlich saßen Yasser und Leon nur ein paar Meter weiter in den Büschen.

»Das Tor hat keinen Knauf.«

»Was?«

»Innen. Da hat das Tor keinen Knauf.«

»Ja und? Ich mach Räuberleiter.«

»Für mich?«

»Sicher.«

»Auf keinen Fall.«

»Sicher.«

»Weißt du, wie ...«

»Buh!«, schrie da Leon hinter uns. Ricci kreischte. Ich auch. Laut. Madame hielt sich die Ohren zu. Aber sie blieb auf ihrem Sofa sitzen.

Leon schaute mich überrascht an. »Du kannst ja schreien.«

»Du Trottel«, stöhnte Yasser.

»Ich sag's ja nur.«

»Vergiss es.« Yasser packte Ricci und mich am Ärmel und zog uns vom Tor weg. »Wenn wir noch lange hier rumstehen, erwischt uns wirklich noch jemand.«

»Und wie kommen wir wieder raus?«, fragte Ricci. »Also, ohne uns alles zu brechen?«

»Tja,« sagte Leon und legte den Arm um Ricci. »Vielleicht hat der doofe Leon ja einen Tipp für dich, wenn du lieb fragst.«

»Nehmt einfach unseren Weg hintenrum über den Schulhof. Da ist ein Loch im Zaun.« Yasser lächelte. Diesmal schaute ich nicht weg. Das Lächeln war wie seine warme Hand. Ich konnte es überall fühlen. Madame fächelte sich mit ihrem Herzchen-Fächer Luft zu. Mein Bauch kribbelte davon, und ich musste schnell wieder wegsehen.

»Sehr ritterlich«, sagte Ricci. Dann gab sie Leon eine Kopfnuss. Und dann machten wir uns zu viert auf den Weg: vorne Ricci und Leon, die sich die ganze Zeit stritten, hinten Yasser und ich. Wir schwiegen. Aber das machten wir ganz gut.

Ich konnte nicht einschlafen. Der Schieler, Ricci, Yassers Lächeln, der ganze Tag wirbelte wie ein Tornado in meinem Kopf herum.

»Schläfst du?«, fragte ich leise in die Dunkelheit. Ricci antwortete mit einem extralauten Schnarchen. Ich tastete nach meinem Handy und machte die Taschenlampe an. Ricci lag auf ihrer Matratze und grinste.

»Irgendwie bin ich null müde«, sagte sie und stand auf.

Statt eines Schlafanzugs hatte sie ein viel zu großes T-Shirt an. Sie hob meine Decke und schlüpfte darunter. Dann schob sie mich mit ihrem Hintern Richtung Wand.

»Meine Güte, wie kann jemand so Dünnes sich im Bett so breit machen«, meinte sie.

»Ist schließlich meins«, antwortete ich und zog ihr mein

Kissen weg, stopfte es mir unter den Kopf und drehte mich auf die Seite, mit dem Gesicht zu ihr.

»Perfekt«, seufzte Riccarda. Sie angelte sich ihr Kissen von der Matratze. »Tausendmal besser als die verdammte Couch bei Yasmin. Und es gibt hier keinen Tim. Das ist ihr neuer Freund. So ein fieser Spanner, weißt du?«

Yasmin war vermutlich ihre Tante. Ich überlegte ziemlich lange, was ich fragen sollte. Dann entschied ich mich für: »Fieser Spanner? Jetzt echt?«

»Ganz echt. Aber er hat keine Chance bei mir. Lieber dusch und schlaf ich gar nicht, als dass der um mich rumschleicht.«

Sie schnaubte und stopfte sich das Kissen zurecht.

Dann sagte sie: »Yasser steht auf dich.«

Mein Herz machte einen Hüpfer. »Meinst du?«

»Hundert Prozent. Du magst ihn auch, oder?«

Ich konnte nur nicken. Nicht wegen Madame. Die schnarchte schon längst auf ihrem Sofa. Aber mein Herz schlug hoch bis in meinen Hals.

»Weißt du, was komisch ist?«, fragte Ricci.

»Was?«

»Leon ist ein Idiot. Aber ich mag ihn trotzdem.« Wir kicherten. »Du kannst ja schreien«, machte Ricci Leon nach. Wir kicherten noch mehr. Jemand klopfte an die Tür. »Jetzt ist aber wirklich mal Schluss da drinnen.« Mein Vater. »Es ist gleich zwölf.«

»Okay!«, rief ich. Ich hielt die Luft an. Ricci kniff sich in die Nase. Kaum hörten wir in der Etage höher die Tür zuklappen, zogen wir uns die Decke über den Kopf und lachten, bis wir japsten und mir der Bauch wehtat.

»Also«, sagte Ricci und atmete einmal tief durch. Sie drehte sich zu mir, und die Decke rutschte von unseren Köpfen.

»Also«, sagte ich und drehte mich auch wieder auf die Seite. Im Dunkeln konnte ich das Helle von Riccis Augen sehen. Sie schob mir eine Haarsträhne aus dem Gesicht und klemmte sie mir hinters Ohr.

»Also ...« Sie zögerte. Dann fragte sie leise: »Was ist das mit dem Reden bei dir? Warum klappt das manchmal einfach nicht?«

Meine Finger fingen an zu kribbeln und Madame Schüchtern erwachte ziemlich sauer aus ihrem Tiefschlaf. Unter der Bettdecke tastete Riccarda nach meiner Hand. Wärme floss von ihr zu mir, als sie ihre Finger zwischen meine schob. So lagen wir eine Weile da, und als das Kribbeln aufgehört hatte und da nur noch Dunkelheit und Wärme und Riccardas ruhiger Atem war, holte ich tief Luft und sagte: »Ihr Sofa ist das bequemste der Welt.«

Ricci schwieg kurz. Ihre Augen huschten über mein Gesicht. Dann lächelte sie und fragte: »Das Sofa von wem?«

Und dann erzählte ich Ricci alles über Madame Schüchtern, der Krake tief in meinem Bauch.

Sprachnachrichten am 8. Tag ohne Ricci

Matea, 14:30

Hej

Matea, 14.30

Naja, ähm, jetzt bist du schon über eine Woche weg und – in der letzten Reihe ist es gut. Blöd ohne dich, klar, oder, aber auch gut. Weil, Yasser setzt sich oft neben mich, vor dem Klingeln. Und weißt du was? Heute waren wir die Ersten im Klassenzimmer. Kein Zufall. 100 Pro. Jedenfalls nicht von mir. Uuund: ich hab 3 (drei!!!) Wörter gesagt.

Er so: Was meinst du, wo Ricci ist?

Ich: Weiß nicht

Er: Niemals ist die noch krank. Ich war bei der, mit Leon. Der wollte unbedingt. Haben geklingelt. Da war aber nur so 'n Typ, der sah aus – voll Gruselfilm. Wirklich, mit den Augen irgendwas

Ich: Okay

Er: Na ja. Glaub eh, Leon hat sich mit dem Haus vertan. Der Gruseltyp kannte jedenfalls keine Riccarda. Auf den Klingeln stand auch nichts.

Ich hab dann genickt. Dann kamen die anderen.

Wo steckst du, verdammt?

Ach genau. Leon hat auch schon die Wachtelmann gelöchert.

Wegen dir. Meinte so, er will Aufgaben bringen und blah.

Niemals hat die Wachtelmann das geglaubt.

Und hat auch nichts gesagt.

Nur, dass das nicht nötig sei.

Bist du jetzt doch noch krank oder wie?

10. Tag mit Ricci

Am nächsten Morgen kam Aaron schlecht gelaunt in die Küche. »Ziemlich knapp heute, oder?«, meinte meine Mutter. In nicht mal fünf Minuten musste er zur Straßenbahn.

»Ich hatte eine Bedingung. Und die wurde schon heute Morgen nicht erfüllt«, knurrte Aaron und schaufelte sich Kaba in die Milch.

»Wovon redest du?«, fragte ich.

»Vom Bad. Ich sagte: Nur, wenn sie nicht ewig das Bad blockiert.«

Ricci hörte auf, Müsli zu essen.

»Aaron«, sagte meine Mutter und klappte ziemlich energisch seine Brotdose zu. »Du wusstest, dass heute eine Person mehr ins Bad muss. Du hättest einfach ein bisschen früher aufstehen müssen als sonst.«

»Als ob«, Aaron schnaubte. Er war heute Morgen ein echter Stinkstiefel. »Die hat ewig geduscht.«

»Aaron.« Niemand kann »Aaron« so sagen wie meine Mutter.

»Sorry«, murmelte Ricci. »Hab die Zeit vergessen.« Sie versteckte sich hinter ihrem langen Pony.

»Kein Grund, sich ...«, fing meine Mutter an, aber da redete Ricci schon weiter: »Es ist nur, ich konnte schon lange nicht mehr, also, in Ruhe duschen.«

Jetzt hatte sie ihre Nase fast in der Müslischüssel. Ich musste an Tim, den fiesen Spanner, denken und bekam eine

Gänsehaut. Aaron starrte Ricci nur mit gerunzelter Stirn an. Wahrscheinlich kapierte er gar nichts. Meine Mutter seufzte. Ziemlich tief.

»Willkommen im Club«, meinte Aaron da plötzlich. »Entweder ich bin zu spät dran oder jemand donnert an die Tür, weil ich angeblich Wasser verschwende. Dabei ist ungestörtes Duschen definitiv Menschenrecht.«

»Ganz genau«, sagte Ricci und lächelte Aaron an. »Danke, dass du nicht an die Tür gedonnert hast.«

»War mir ein Vergnügen«, antwortete Aaron und fuhr sich durch die ungekämmten Haare. »Und außerdem bin ich naturschön sowieso unwiderstehlich.«

Aaron war doch ein Bergmensch. Er schaffte es blitzschnell, einem dieses Gefühl zu geben, wieder bergab zu laufen: leicht und locker und mit jeder Menge Luft zum Atmen.

Aber das würde ich ihm niemals sagen.

»Ladys«, sagte Leon, als wir in der Schule ankamen. Er stand an der Klassenzimmertür und machte eine tiefe Verbeugung, als wir an ihm vorbeigingen. Dabei rutschte ihm das Sweatshirt hoch und man sah seinen blassen Rücken und den Rand von seiner Unterhose.

»Mach das weg, Leon«, sagte Ricci. »Ich werd blind.«

Leon richtete sich auf und zog sein Sweatshirt zurecht. »Nichts als wahre Schönheit«, grinste er. Dann zeigte er auf mich: »Wetten, ich schaffe es, dass du noch mal schreist?«

Madame setzte sich auf ihrem Sofa auf, verschränkte vier Tentakeln und zog die Augenbrauen hoch.

»Du weißt nicht, welche Monster du hier gerade weckst«,

sagte Ricci, und ganz kurz fragte ich mich, ob sie sie auch sehen konnte, also ob Ricci Madame Schüchtern sehen konnte, jetzt, wo sie alles wusste. Ricci schob Leon ein Stück zur Seite, und wir gingen ins Klassenzimmer. Ich war gerade an ihm vorbei, da pikste er mir mit zwei Fingern in die Seite.

Und ich quiekte. Laut.

»Ha!«, schrie Leon und reckte eine Faust nach oben. »Sie hat geschrien! Wette gewonnen!«

»Niemand hat mitgewettet, Idiot«, sagte Ricci, verdrehte die Augen und zog ihren Stuhl vom Tisch. Ich ging ihr mit gesenktem Kopf hinterher zu meinem Platz. Erst, als ich auf meinem Stuhl saß und auspackte, traute ich mich, durch meine Haare in die Klasse zu linsen. Vorne hatten sich Charlotte und Fabienne herumgedreht. Leon saß wieder auf seinem Platz und neben ihm: Yasser. Er spielte mit seinem Lineal und lächelte uns zu. Nein. Falsch. Er lächelte mir zu. Prompt zündete Madame die Rosenduft-Teelichter auf ihrem Couchtisch an. Die Hitze kroch mir ins Gesicht. Zum Glück redete der Rest der Klasse, träumte, packte aus oder schrieb Hausaufgaben ab. Ich atmete einmal tief ein und aus. Madame lehnte sich zurück, zog ihre Kuscheldecke bis zum Kinn und startete den Film »Acht Arme, drei Herzen und jede Menge Charme« auf ihrem Player.

»Bestimmt bewegt sich deine Madame heute den ganzen Tag nicht von ihrem Super-Sofa weg«, sagte Ricci und strich die umgeknickten Seiten ihres Collegeblocks glatt. »Dabei könnte der Gorilla mit Tollwut gerne mal in einem ihrer Arme ein Nickerchen machen.«

»Hä? Welcher Gorilla mit Tollwut?«

»Na, meiner. Du glaubst doch nicht etwa, dass du die Einzige hier mit einem Tier bist.«

»Hör auf, Ricci. Das ist nicht lustig.«

Aber Ricci erzählte einfach weiter. »Also Fabienne dahinten hatten wir ja schon. Ein Terrier, der bei jedem Lufthauch Panik kriegt, knurrt und gleichzeitig den Schwanz einzieht. Bei Charlotte tippe ich auf was Hässliches. Eine fette Bisamratte mit schwarzen Zähnen vielleicht. Deshalb ist sie immer so makellos. Damit keiner darauf kommt. Und dein Yasser ...« Ich wurde prompt rot und knuffte sie in die Seite. »Ein Kater? Faucht und kratzt nach außen, kuschelt nach innen.«

Sie kicherte. Ich auch. »Und *dein* Leon?«, fragte ich.

»Golden Retriever«, antwortete sie prompt. »Welpe.«

»Und ich seh dich reden!«, jubelte Leon von der anderen Seite des Klassenzimmers. Ein paar aus der Klasse lachten.

»Wie gesagt: Welpe«, seufzte Ricci.

Dann kam Frau Wachtelmann und Englisch ging los.

Als wir in der fünften Stunde in den Kunstraum kamen, traf es mich wie ein Schlag: Ich musste mit Fabienne und Charlotte am Gruppentisch sitzen – ohne Ricci.

Ricci saß als einziges Mädchen bei Yasser und Leon. Der Platz war frei gewesen, als sie vor ein paar Wochen zu uns kam.

Madame, die den ganzen Vormittag auf dem Sofa gelegen und Liebesfilme geguckt hatte, seufzte tief, drückte auf Pause und setzte sich schwerfällig auf.

»Hallo, Matea«, sagte Charlotte, als ich mich neben sie setzte.

»Versuch's doch mal mit Mats.« Fabienne kicherte. »Vielleicht kriegst du dann ja 'ne Antwort.«

Prompt atmete Madame Schüchtern empört ein und hielt die Luft an.

»Lass den Quatsch«, sagte Charlotte und kontrollierte ihr Zopfgummi.

Ich bückte mich und kramte in meinem Rucksack. Dabei schielte ich zu Riccis Tisch rüber. Ricci war mit Leon beschäftigt. Gerade boxte sie ihm auf den Arm. Aber Yasser schaute zu mir. Eigentlich schaute er schon den ganzen Tag zu mir. Und obwohl ich sonst in der Schule am liebsten unsichtbar war, machte es mir nichts aus. Ich richtete mich auf und strich mir das Haar aus dem Gesicht.

»Was heißt hier Quatsch?« Fabienne zog mit einem Ruck den Reißverschluss ihres Mäppchens auf. »Die Psychotante nennt sie so, und mit der redet sie schließlich.«

»Du wolltest sie in Ruhe lassen. Das hast du der Wachtelmann versprochen. Erinnerst du dich?« Charlottes Augen huschten zwischen mir und Fabienne hin und her.

»Mach ich doch«, behauptete Fabienne und zog eine Augenbraue hoch. »Ich rede schließlich mit dir, nicht mit der da.«

Sie stolzierte zum Regal und suchte dort nach Zeitungen. Wie auf Knopfdruck standen Ricci und Yasser gleichzeitig auf und stellten sich neben sie. Leon saß noch an seinem Platz, behielt aber den Durchgang zum Materialraum im Blick. Dorthin war gerade die Kunstlehrerin verschwunden.

»Sorry«, sagte Charlotte. Sie saß mit dem Rücken zum Regal.

Ich schaute sie an und wartete.

»Na ja.« Sie wischte mit der flachen Hand über den Tisch.

»Für Fabienne. Dass sie so ist. Zu dir.«

Leider konnte ich nicht hören, was Ricci und Yasser sagten, aber ich konnte Fabiennes Angst sehen, die hochgezogenen Schultern, die Ellbogen, die sie an den Körper presste.

»Ist egal«, sagte ich zu Charlotte.

»Was? Aber ...«

Leon pfiff. Ricci und Yasser flitzten zurück auf ihren Platz. Die Kunstlehrerin kam aus dem Materialraum. Fabienne blieb stocksteif stehen.

»Du bist viel schlimmer«, sagte ich und kramte meine Schere aus dem Mäppchen.

»*Ich?*« Charlotte riss die Augen auf. »Aber ich mach doch gar nichts.«

»Genau«, sagte ich und fing an, einen Pilz für die Collage auszuschneiden. »Genau«, sagte ich noch einmal, obwohl ich hörte, dass Fabienne ihren Stuhl zurückzog und Madame in meinem Bauch vor Schreck tief Luft holte. Ich schaute zu Yasser, Ricci und Leon. Sie beobachteten unseren Tisch. Ich nickte ihnen zu. Yasser winkte einmal kurz. Prompt sank Madame seufzend aufs Sofa. Dann schaute ich zu Fabienne. Im Gegenlicht der großen Fenster sahen ihre struppigen Haare ziemlich nach ängstlichem Terrier aus.

»Verdammt, riecht das gut«, sagte Ricci, als ich zu Hause die Tür aufschloss. Sie ließ ihre Tasche im Flur fallen, stürzte in die Küche und setzte sich im Schneidersitz vor den Backofen.

Meine Mutter kam aus dem Büro und lachte, als sie Ricci sah. »Besser als Netflix, was?«

»Ich liebe diese Serien mit Käse. Wie lange geht die Folge noch?«

»Zwanzig Minuten.« Meine Mutter drehte sich zu mir um. »Kommst du kurz?«

»Klar.« Ich ging hinter meiner Mutter her ins Büro. Vielleicht erzählte sie mir etwas über Ricci. Oder sie sagte, dass Ricci bei uns bleiben konnte. Also für immer.

Im Büro meiner Mutter stand ein großer, runder Tisch für Besprechungen. Und am Fenster zwei gemütliche Sessel. Für Unterhaltungen. Meine Mutter setzte sich an den Tisch. Kein gutes Zeichen.

»Frau Loose hat mich angerufen«, sagte sie, kaum dass ich neben ihr saß.

Mit einem Schlag fielen mir wieder alle Katastrophen von gestern ein: Ricci im verstaubten Wohnzimmer, der Schieler, unsere Flucht. Und der Krug, der auf dem Küchenboden explodiert war. Den hatte ich bei dem ganzen Zeug, das gestern passiert war, total vergessen.

»Sie hat gesagt, ihr wart im Haus ihrer Mutter?«

»Ist es wegen dem Krug?«, fragte ich zurück.

»Was für ein Krug?«

»Oder Glaskanne oder wie man dazu sagt. Er ist vom Schrank gefallen. Aber Ricci konnte ehrlich nichts dafür. Und ich kann ihn auch ersetzen. Einen neuen kaufen oder ...«

»Also ist auch etwas kaputtgegangen?«

»Sag ich ja gerade. Der Krug.« Irgendwie lief das Gespräch

komisch. Draußen polterte Ricci die Treppe zu meinem Zimmer hoch.

»Davon hat sie gar nichts gesagt.«

»Nicht?«

»Nein.« Meine Mutter strich sich über die Stirn. »Es geht um den Hund. Sie hat wegen dem Hund angerufen.«

»Hund? Was für ein Hund?«

»Matea ... Manchmal hat man einfach blöde Ideen. Da denkt man nicht nach. Oder es geht irgendetwas schief und man glaubt, niemand kriegt's mit.«

»Was für blöde Ideen? Was für ein Hund?« Die Wut köchelte schon in meinem Bauch. »Wir sind rein ins Haus, ja, aber wir haben um Erlaubnis gefragt und geklingelt und gerufen. Wir haben die Wolle gesucht. Das mit dem Krug hab ich dir erzählt. Die Wolle durften wir mitnehmen. Ende. Kein Hund.«

»Ein Hund aus Porzellan, Matea. Er stand wohl im Wohnzimmer. Im Bücherregal.«

»Ach so. Das perverse Teil.« Ich kicherte.

»Ich weiß nicht, was du lustig findest, Matea.«

»Na ja, das war ja nicht nur ein Hund, sondern auch ein nacktes Kind, und Ricci ...«

»Er ist weg.«

»Weg?«

»Ist er euch auch runtergefallen?«

»Nein!«

»Oder habt ihr ihn eingesteckt? Aus Spaß?«

»Was sollen wir denn mit dem blöden Ding? Du hättest das sehen sollen. So was von hässlich.«

»Das blöde, hässliche Ding ist 500 Euro wert.«

»500 Euro? Das ist ein Witz, oder?«

»Kein Witz.« Meine Mutter seufzte. »Kann es sein, dass Ricci es genommen hat?«

»Wieso Ricci? Vielleicht war es ja der Entrümpelungstyp. Der war eh total komisch.«

»Der ›Entrümpelungstyp‹ hätte den Hund sowieso bekommen. So funktioniert das nämlich: Sie entrümpeln umsonst, wenn es genug gibt, was sie zu Geld machen können.«

»Ricci kann das gar nicht gewesen sein. Wir waren immer zusammen.«

Meine Mutter schaute mich nur an und schwieg.

»Mama«, sagte ich. »Du weißt doch, wie Ricci ist. Sie ist jetzt schon zwei Tage bei uns. Und sie ist meine Freundin. Und sie war wirklich die ganze Zeit bei mir in dem Haus.«

Meine Mutter nickte. »Ich weiß, Mats. Und ich wünsche mir auch, dass sie es nicht war. Aber Menschen können ziemlich viel auf einmal sein.«

Ich musste an die verschwundenen Sachen denken und an Riccis tollwütigen Gorilla. Wer weiß, was der so alles anstellte.

»Ich rede mit Ricci.«

Meine Mutter überlegte kurz, aber dann nickte sie. »Okay.«

»Danke.« Ich stand auf und ging zur Tür.

»Frau Loose ist bis Sonntag auf Seniorenfahrt. Bis dahin sollte der Hund wieder auftauchen, Matea.«

»Sie hat das hässliche Ding nicht genommen«, beteuerte ich.

»Ja«, sagte meine Mutter. »Das wär schön.«

Ich trödelte im Flur. Räumte unsere Schuhe ins Regal. Hob Riccis Jacke auf und hängte sie an die Garderobe. Nahm unsere Schulrucksäcke und stieg langsam die Treppe hoch. Ricci konnte es gar nicht gewesen sein. Oder doch? In dem kurzen Moment, in dem ich schon in der Küche war, sie aber noch im Wohnzimmer im Sessel saß? Und wohin sollte sie es gesteckt haben? Hatte ihre Lederjacke Taschen? Oder ihr Hoodie?

»Ist sie das?«, fragte Ricci, als ich mit den zwei Taschen ins Zimmer wankte. Sie hielt mir ein Bild hin. Und mit einem Schlag vergaß ich, worüber ich noch gerade auf den letzten Stufen gegrübelt hatte. Denn ich sah Madame. Ihr teigiges Gesicht mit den kugelrunden Augen. Ihren unförmigen Körper, der fast das ganze Sofa bedeckte. Ihre Tentakeln: Zwei davon hatte sie auf dem Couchtisch abgelegt, zwei hielten Teetasse und Untertasse. Zwei hatte sie hinter dem Kopf verschränkt. Und zwei ... »Häkelt die?«

»Ich dachte, ich geb ihr mal was zu tun«, sagte Ricci. »Es ist immer besser, wenn dein Tierchen beschäftigt ist.«

Ich starrte das Bild an. Madame sah genau so aus, wie ich sie mir immer vorstellte. Es war einfach unglaublich.

»Du bist so genial«, sagte ich und umarmte Ricci. Sie roch ganz ungewohnt nach meinem Duschgel. Dann nahm ich das Bild und pinnte es mitten auf die Pinnwand, direkt über das Foto von Charlotte und mir.

Ricci zog den neuen Karton mit Wolle unter dem Bett raus. »Fangen wir an?«, fragte sie. Als ich den Karton sah, fiel mir wieder der Porzellan-Hund ein.

»Klar«, sagte ich und dachte: *Morgen. Ich frage sie morgen.*

Und dann legten wir richtig los. Ricci übernahm die einfachen Arbeiten. Ich alles mit Muster. Wir machten nichts anderes mehr als Häkeln.

Aaron versuchte herauszufinden, woran wir eigentlich arbeiteten.

»Das sieht ja nach was Größerem aus«, sagte er und kam mit einem großen Schritt über den Wollkarton in mein Zimmer.

»Mach dir keine Hoffnungen«, antwortete ich. »Ist nicht für dich.«

»Tja«, sagte er und lehnte sich an den Schreibtisch, »aber für wen dann? Oder sollte ich besser fragen: Für was?«

»Noch besser solltest du gar nichts fragen.« Ich wühlte in dem Karton nach rosa Wolle für die nächste Blume.

»Und wie wär's mit nützlichen Infos?« Aaron zupfte an seinem T-Shirt.

»Was für Infos?«, fragte Ricci.

»Na ja ...« Aaron zog wirklich die große Show ab. Jetzt betrachtete er tatsächlich seine Fingernägel. Also echt. »Für den Fall, dass ihr Sonntag fertig seid mit dem, was immer ihr hier treibt ...«

»Komm schon, Bergmensch. Es gibt in diesem Zimmer Leute, die haben noch jede Menge Arbeit vor sich.« Ricci schnitt den Rest eines Fadens ab, den sie gerade vernäht hatte.

»Tja, ich hab gerade mitgekriegt, dass Sonntagabend sturmfrei ist. Unsere Eltern sind unterwegs. Geburtstagseinladung.«

»Bingo«, sagte Ricci.

»Dachte ich mir.« Aaron grinste und arbeitete sich wieder aus meinem Zimmer.

»Sonntag?«, fragte Ricci.

»Sonntag«, antwortete ich.

Sprachnachrichten am 9. Tag ohne Ricci

Matea, 17:12

Verarschst du mich? Dein Ernst?

Matea, 17:14

Komme ich gerade bei meiner Mutter ins Büro, telefoniert sie, macht sie oft, klar.
Aber sie hat mit jemandem ÜBER DICH geredet.
Sie hat MIT DEINER MUTTER über dich geredet und jetzt frag ich dich noch mal

Matea, 17:15

Verarschst du mich? Deine Mutter telefoniert mit meiner Mutter. Aber du bist was? Abgetaucht? Beleidigt?

Matea, 17:23

Ganz schwach. Echt, Ricci

Matea, 18:47

Ich weiß jetzt, dass ihr eine Wohnung sucht. Und dass du nicht krank bist. Das hätte ich gerne von dir gehört. Wenigstens das

Matea, 18:49

Außerdem hat Mama gesagt
Sorry [schnäuzen]

Sie hat gesagt, dass es außerdem für dich aber nicht gut ist da, wo du jetzt bist. Mehr konnte ich aus ihr nicht rauspressen. Nur noch, dass ihr in einem Frauenwohnheim wohnt

Logisch kann ich nicht schlafen. Mama hat gesagt, warte, was hat sie gesagt: Du musst dir keine Sorgen machen. Ein Frauenwohnheim ist sicher und nicht superschlimm. Aber nichts, was auf die Dauer gut ist.
Wir sind dran, Matea. Wir kümmern uns

Aber was heißt kümmern und wie schlimm ist nicht superschlimm und wann wird es für dich endlich wieder besser? Oh Mann

Vorletzter Tag mit Ricci

Es regnete den ganzen Sonntag. Auch abends hörte es nicht auf.

»Perfekt«, meinte Ricci. Wir saßen im Wohnzimmer und warteten darauf, dass es richtig dunkel wurde. Alle unsere Sachen standen schon gepackt im Flur.

»Was ist daran bitte perfekt?«, fragte ich. Eine Windböe ließ den Regen gegen die großen Scheiben klatschen. »Wenn wir nicht aufpassen, werden wir ertrinken.«

»Klar, es sei denn, Noah kommt mit seiner Arche vorbeigeschippert.« Ricci lachte. »Überleg doch mal: Bei dem Wetter wird keine Sau draußen unterwegs sein.«

»Und warum haben wir dann Leon und Yasser angerufen? Wenn niemand unterwegs ist, brauchen sie auch nicht Schmiere zu stehen.«

»Sicher ist sicher. Glaub mir.«

»Hast du so was schon mal gemacht?«

»Wohl eher nicht. *Du* hast mir Häkeln beigebracht, schon vergessen?«

»Ich meine: was gemacht, wo jemand Schmiere stehen muss.«

Ricci schnaubte. »Bis jetzt war ich mehr so die, die Sachen allein durchzieht.«

»Was denn so?«

»Ziemlich bescheuerte Sachen« Ricci knibbelte an ihrem Daumen. »Willst du gar nicht wissen.«

»Wenn doch?«

»Wusste gar nicht, dass du nerven kannst.« Ricci nickte Richtung Fenster. »Dunkler wird's nicht. Also lass uns gehen.«

Als wir an der Schule ankamen, waren wir schon klatschnass.

»Bin ich froh, dass wir nicht klettern müssen«, meinte Ricci, als wir uns durch das gut versteckte Loch im Schulzaun quetschten, das uns Leon und Yasser beim letzten Mal gezeigt hatten. Der Schulhof war menschenleer und dunkel. Nur über dem Eingang zur Pausenhalle brannte eine runde Lampe und ließ die Pfützen glitzern.

»Wo sind die Jungs?«, fragte ich.

»Kommen sicher gleich. Wir sind ein bisschen zu früh.« Aber da raschelte es auch schon hinter uns.

Yasser kam als Erster. Er war komplett schwarz angezogen und hatte seine Kappe tief ins Gesicht geschoben.

»Willst du heute noch jemanden ausrauben?«, fragte Ricci.

»Mal sehen, was so kommt.« Yasser schob seine Kappe nach hinten. Er hatte auf seine Wangen zwei breite, schwarze Streifen geschmiert. Wie ein Football-Spieler.

»Was ist das denn?«, fragte Ricci. »Kriegsbemalung?«

»So schnell erkennt mich niemand.« Er drehte sich zu mir. »Hallo, Matea.« Er sah so cool aus. Madame fächelte sich mit vier Tentakeln Luft zu. Ihr kleiner Wirbelsturm kribbelte in meinem Bauch.

»Hilft mir vielleicht mal jemand?«, rief Leon aus dem Gebüsch. »Der Rucksack hängt in dem Mist-Zaun fest.« Er versuchte, den Rucksack loszureißen, und der Zaun schepperte laut in der Dunkelheit.

»Leon! Was machst du!«, zischte Yasser und rannte zu ihm.

Leon hatte einen riesigen Wanderrucksack dabei, der quer in der schmalen Öffnung im Zaun feststeckte.

»Vielleicht hätten wir sie doch nicht um Hilfe bitten sollen«, meinte Ricci und zog mich hinter sich her, weg von Yasser, Leon und dem Riesenrucksack. Im Schatten der Büsche umrundeten wir die Schule. Am Haupteingang, versteckt hinter der Skulptur, spähten wir vorsichtig Richtung Tor und Straße.

Ricci hatte Recht gehabt: Das Wetter war perfekt für uns. Noch nicht mal Autos waren unterwegs. Das einzige Geräusch war das Rauschen des Regens. Na ja, nicht ganz. Von hinten näherten sich Leon und Yasser, und bei jedem Schritt schepperte etwas in Leons Riesen-Rucksack. Wenigstens blieben sie direkt neben dem Tor stehen, gut versteckt zwischen den Büschen.

»Was zur Hölle schleppst du da eigentlich mit?«, fauchte Ricci.

Leon lächelte, setzte seinen Rucksack auf den matschigen Boden und schnürte ihn auf.

»My Lady«, sagte er und zog eine Minileiter mit zwei Stufen heraus, kam zu uns und klappte sie auf. »Für Sie.« Er verbeugte sich. Das machte er anscheinend gerne. Besonders für Ricci. Ricci klatschte sich mit der flachen Hand an die Stirn. »Du Idiot«, stöhnte sie. Aber es klang fast gar nicht sauer. Vielleicht wurde sie sogar ein bisschen rot. Schwer zu sagen in der Dunkelheit.

Leon strahlte. Dann hockte er sich zu Yasser und hielt mit ihm Ausschau nach Hundebesitzern und Spaziergängern, die uns gefährlich werden konnten.

Zweimal stürzten wir ins Gebüsch. Beim ersten Mal rollte jemand auf der anderen Straßenseite die Mülltonnen vors Haus. Beim zweiten Mal ging eine Frau mit ihrem Hund direkt am Schultor vorbei. Der Hund schnupperte am Tor, die Nase nur eine Armlänge von Leon und Yasser entfernt. Er winselte. Die Hundebesitzerin guckte von ihrem Handy hoch, ging zum Schultor und starrte durch den Regen und die Dunkelheit auf die Statue. Noch konnte man nicht viel sehen. Obwohl – verdammt. Die Leiter. Leons Leiter stand gut sichtbar neben der Statue. Der Hund knurrte Leon an. Die Frau fummelte an ihrem Handy und die Taschenlampe leuchtete auf. Sie schien nur eine Handbreit neben Ricci ins Gebüsch.

»Entschuldigung«, sagte da plötzlich eine Stimme neben dem Tor, die mir ziemlich bekannt vorkam. »Haben Sie etwa Ihren Hund gerade da hinten sein Geschäft erledigen lassen und keinen Hundekotbeutel benutzt?«

Aaron! Er musste uns heimlich gefolgt sein. »Selbst wenn«, sagte die Frau und leuchtete mit der Taschenlampe endlich in eine andere Richtung. Wahrscheinlich Aaron voll ins Gesicht. »Was geht dich das an?«

»Wissen Sie, dass dort eine Kamera steht?«, fragte Aaron. »Ist wegen Vandalismus aufgestellt worden, letzten Sommer.«

»Ach ja?«

»Ja. Sie ist gut versteckt hinter dem Pfosten und kaum zu

sehen.« Aaron lehnte sich gegen das Tor und versperrte der Frau so die Sicht auf uns. Sie machte ein paar Schritte zur Seite.

»Wirklich?« Die Frau spähte zu dem Pfosten, der auf dem grünen Mittelstreifen stand. Ihr Hund hob das Bein und pinkelte ans Schultor.

»Na, dann«, sagte die Frau und zog ihren Hund zu sich. Dann klackerten ihre Absätze den Bürgersteig hinunter. Erleichtert atmete ich durch.

Aaron drehte sich um und spähte durch das Tor. »Weitermachen, ihr Loser«, sagte er.

Ricci kroch sofort aus dem Busch.

»Scheiße«, jammerte Leon. »Wir sind aufgeflogen.«

»Das ist Mateas Bruder, Leon«, sagte Yasser und gab Leon eine Kopfnuss.

»Au! Weiß ich doch!« Er hob schnell die Arme über den Kopf. »Ich mein doch die Kamera.«

Mist. Daran hatte ich noch gar nicht gedacht. Traurig schaute ich zu den Bronze-Jungs, die immer noch dunkel und langweilig auf ihrem Sockel standen. Unser Plan war so gut gewesen.

Da lachte Aaron los. Schön für ihn, dass er das alles hier total komisch fand. Ricci kapierte es als Erste. »Keine Kamera, richtig?«, fragte sie.

»Genau.« Aaron kicherte und nickte.

Aaron hatte gelogen? Unglaublich! Ich richtete mich auf. Die nassen Hosenbeine klebten an meinen Oberschenkeln, tausend Ameisen krabbelten durch meinen rechten, eingeschlafenen Fuß und ein Regentropfen kitzelte mich an meiner Nasenspitze. Ich nieste. Ich fühlte mich wunderbar und mutig und stark. Ich marschierte zur Statue.

»Sie hat ›großartig‹ gesagt«, murmelte Leon in seinem Busch.

»Sie hat geniest«, sagte Yasser im Busch neben ihm. »Nur geniest, Leon.«

»Aber laut«, sagte Leon. »Laut.«

Und dann machten wir weiter. Obwohl wir gemessen hatten, passte natürlich nichts. Vielleicht hatte ich auch die Maße vertauscht. Wegen Yasser.

Der Rock war zu weit, die Mütze mit den Blumen zu eng, das Top hing viel zu tief. Ich ribbelte den Rand der Mütze wieder auf und häkelte ihn weiter. Ricci zog einen Wollfaden durch den Rock und raffte ihn, damit er dem Jungen nicht über den Hintern rutschen konnte. Beim Top kürzten wir die Träger. Durch den Regen wurde die Wolle störrisch und unsere Finger steif. Trotzdem wurden wir irgendwann fertig. Ricci klappte die Mini-Leiter zusammen und schaute an den Bronzestatuen hoch.

»Wenn das nicht genial ist«, sagte sie und legte den Arm um mich. Sie hatte so was von Recht. Es war genial.

Leon und Yasser kamen aus dem Gebüsch.

»Gefällt's dir?«, fragte Yasser und stellte sich neben mich. Und da, in der Dunkelheit, Riccis Arm auf meinen Schultern, in den eiskalten Fingern noch Wolle und Häkelnadel, antwortete ich einfach: »Ja.«

Sprachnachrichten am 10. Tag ohne Ricci

Matea, 7:16

Okay, Ricci, das ist die letzte Nachricht und dann bist du dran

Matea, 7:17

Ich hab eine Idee wegen der Wohnung, weil, ihr sucht doch eine und die Idee ist wirklich, wirklich genial. Aber ich brauche den bescheuerten Hund dafür. Schick ihn mir. Stell ihn vor die Tür. Keine Ahnung. Weiß ja nicht, wo du jetzt bist, wie weit weg oder was

Matea, 7:20

Also, mach voran

Matea, 7:24

Ach so, die Holz-Eule kannst du behalten. Bis wir uns wiedersehen

Der letzte Tag mit Ricci

Am nächsten Morgen wachten wir um sechs Uhr auf. Draußen war es noch dunkel, aber durch das gekippte Fenster hörten wir die ersten Vögel zwitschern.

»Irgendwie ist mir schlecht«, sagte Ricci.

»Mir auch«, antwortete ich und richtete mich auf. »Meinst du, Yasser und Leon halten dicht?«

»Klar.« Ricci legte einen Arm über die Augen. »Und wenn nicht, ist auch egal. Wir haben ja nichts Schlimmes gemacht.«

»Wir sind quasi in der Schule eingebrochen.«

Ricci stöhnte. »Sind wir nicht. Wir waren nur auf dem Schulhof. Und da haben wir noch nicht mal was zerstört oder geklaut.«

Mit einem Schlag fiel mir der hässliche Porzellan-Hund ein. Bis Sonntag hatte meine Mutter mir Zeit gelassen, selbst mit Ricci darüber zu reden. Und der Sonntag war seit ein paar Stunden vorbei.

»Hast du das schon mal gemacht, was geklaut?«, fragte ich und starrte an die Decke.

»Klar.« Ricci drehte sich neben mir auf den Bauch und drückte ihr Gesicht ins Kissen.

Ich schluckte. »Echt? Und was?«

Ricci stemmte sich vom Kissen hoch und grinste mich an. »Deinen Kuli. Schon vergessen?«

Bevor ich weiterfragen konnte, stand sie auf und ging ins Bad. So ein Mist!

Ich wartete fast zwanzig Minuten lang, dass Ricci aus dem Bad zurückkam. Aber anscheinend genoss sie es sehr, morgens um sechs endlos duschen zu können. Also tapste ich runter in die Küche.

Um diese Zeit war normalerweise noch niemand unten. Heute leider schon.

Mein Vater füllte gerade seinen Thermobecher. Er hatte schon seine Jacke an. Meine Mutter stand neben ihm und trank Kaffee.

»Wohin fährst du?«, fragte ich meinen Vater, holte mir eine Tasse aus dem Schrank und machte mir einen Kakao.

»Fortbildung.« Er gähnte und schraubte den Deckel auf den Becher. »Wir waren gestern einfach zu lange unterwegs«, sagte er zu meiner Mutter und küsste sie.

Meine Mutter lachte. »Es war noch nicht mal zwölf. Wirst du etwa alt?«

Mein Vater schnaubte nur und holte den Autoschlüssel aus der Schale im Flur. Kurz darauf hörten wir die Haustür.

»Guten Morgen, Mädels!« Aaron kam in die Küche und setzte sich neben mich auf die Küchenbank.

»Bist du krank?«, fragte meine Mutter. »Es ist gerade mal halb sieben.«

»Mein Handy hat mich geweckt.« Er wackelte mit den Augenbrauen und hielt mir sein Smartphone hin. »Heute ist ein besonders schöner Tag, stimmt's, kleine Schwester?«

Er hatte den gleichen TikTok-Kanal geöffnet wie letztes Mal. Vor noch nicht einmal fünf Minuten war ein neues Video gepostet worden. Jemand hatte im ersten Tageslicht durch das geschlossene Schultor unsere Häkelaktion gefilmt. In der Morgendämmerung sahen die Jungs tatsächlich wie verwandelt aus, und trotz der Uhrzeit hatte das Video schon ziemlich viele Likes und begeisterte Kommentare gesammelt. Ich tippte auf die Bio des TikTok-Profils. »Tilda also?«, fragte ich. Ganz sicher hatte Aaron den Namen schon mal erwähnt. »Kriegt sie eigentlich Tipps?«

Aaron schnappte sich schnell sein Handy und schaute zu meiner Mutter. Aber die stand mit dem Rücken zu uns und drückte gerade auf den Knopf der Kaffeemaschine. »Schon möglich, dass sie einen Insider kennt«, meinte er und legte einen Arm um meine Schulter. »Und sie war absolut begeistert.« Er drückte mich kurz. »Und ich auch.«

»Danke. Auch für gestern.« Ich schluckte. »Tilda verrät uns doch nicht?«

Aaron schüttelte den Kopf. »Quatsch.«

»Was genau ist heute hier eigentlich los?«, fragte meine Mutter und musterte uns. »Frühlingsgefühle?«

»Bei Aaron vielleicht«, sagte ich, stand auf und war blitzschnell bei der Tür. »Sie heißt Tilda.« Raus war ich und flitzte so schnell die Treppe hoch, dass ich Ricci über den Haufen rannte. Sie verlor das Gleichgewicht, landete aber zum Glück mit dem Po auf einer Treppenstufe.

»Sorry!« Ich rannte weiter nach oben.

»Sind wir spät dran?«, rief sie mir hinterher.

Ich bremste am Treppenabsatz.

»Ist schon online. Lass uns beeilen.«

»Tja«, sagte Ricci und zog sich am Geländer zurück in den Stand, »ich bin fertig. Also, gib Gas.«

Na super. Wer hatte denn eine halbe Stunde geduscht?

Als ich wieder runterkam, war es ganz still in der Küche. Niemand war mehr da.

»Ricci?«, rief ich. »Wir können!«

Meine Mutter kam aus dem Büro. »Sie wartet draußen.«

Ricci war schon fertig? Heute Morgen war wirklich alles anders. Sonst musste ich immer auf sie warten.

Schnell zog ich meine Schuhe und meine Jacke an.

»Matea«, meine Mutter lehnte sich im Flur gegen die Wand. »Wegen der Sache bei Frau Loose ...«

Bitte nicht. Dafür war jetzt einfach keine Zeit. »Ich rede heute mit Ricci. Versprochen.« Ich setzte mir meinen Rucksack auf. »Aber sie war's eh nicht.«

Ich wollte an meiner Mutter vorbei zur Tür, aber sie hielt mich am Arm fest. »Matea ...« Sie zögerte. Dann zog sie mich zu sich und nahm mich mitsamt meinem unförmigen Rucksack in den Arm. »Pass auf dich auf.«

Heute drehten irgendwie alle durch. Ich drückte meine Mutter weg. »Ich geh nur zur Schule, Mama. Und wir müssen los.«

Dann flüchtete ich zur Haustür.

Ricci saß genau wie bei ihrem allerersten Besuch draußen auf der Treppe und wartete auf mich. Sie hatte den Kopf in die Hände gestützt.

»Alles klar?«, fragte ich sie und stupste ihr mit einem Knie in den Rücken. »Bereit für den großen Moment?«

»Sicher.« Ricci stemmte sich von der Stufe hoch und stöhnte. »Irgendwie ist mir immer noch schlecht.«

»Das wird super. Glaub mir.«

»Weiß nicht.« Ricci stand mit hängenden Armen da und starrte vor sich hin.

Ich hakte mich bei ihr unter und zog sie die Treppe runter auf die Straße. Den ganzen Weg zur Schule war Ricci ziemlich still. Am liebsten wäre ich gerannt, aber sie sah nicht so aus, als würde sie da mitmachen.

»Glaubst du, es ist noch dran?«, fragte ich aufgeregt. Wir waren fast da. Nur noch einmal abbiegen.

»Was?« Anscheinend war Ricci heute mit ihren Gedanken ziemlich weit weg. Vielleicht wurde sie ja wirklich krank.

»Der Rock, die Mütze, das Top – was ist, wenn der Hausmeister es schon abgemacht hat?« Ich blieb kurz vor der letzten Ecke stehen. Auf einmal hatte ich Angst, dass es genauso sein würde, dass die Jungs aussahen wie immer und unsere ganze Arbeit in irgendeiner dreckigen Mülltonne gelandet war. Ricci ging zwei Schritte weiter und schaute um die Ecke.

»Hat er nicht«, behauptete sie dann.

»Woher willst du das wissen?« Von der Ecke aus konnte man gerade so das Schultor sehen, aber ganz bestimmt nicht die Statue.

»Daher.« Ricci zog mich um die Ecke und zeigte in Richtung Schule.

»Wie krass.« Obwohl es erst zwanzig vor acht war, stand eine große Schülermenge auf dem Bürgersteig vor dem Tor.

»Ja, oder?« Riccis Gesicht hatte wieder ein bisschen Farbe bekommen und sie lächelte. »Aber gut krass.«

Langsam gingen wir bis zum Eingang.

Alle filmten und fotografierten. Immer, wenn jemand für ein Foto auf den Sockel kletterte, klatschten welche und jubelten. Lehrerinnen standen auch ein paar dabei, und als die Wachtelmann sogar für ein Foto vor der Statue posierte, wurde es richtig laut.

»Ey, Frau Wachtelmann«, schrie ein großer Typ aus der Oberstufe, »geben Sie's ruhig zu.«

»Ja genau!«, rief ein anderer. »Das waren doch Sie!«

Ein paar pfiffen und klatschten. Die Wachtelmann schüttelte nur den Kopf und lachte. »Leider nicht. Aber falls die, die das waren, gerade hier rumstehen: Ihr seid genial.«

Dabei guckte sie zu den Oberstufenschülerinnen.

»So sieht's aus«, sagte da plötzlich Leon leise hinter uns, quetschte sich zwischen Ricci und mich und legte die Arme um uns beide. »Wir sind genial.«

»Matea und Ricci sind genial«, sagte Yasser und schob sich von der anderen Seite neben mich. Madame erwachte mit einem Seufzen zum Leben und schüttelte ihre Sofakissen auf. Es flatterte in meinem Bauch.

»Aber ohne uns ...«, fing Leon an, aber da riss sich Ricci los, drehte sich um, rempelte sich durch die Menge bis zu den struppigen Büschen neben dem Schultor und übergab sich.

Schnell drängelte ich mich hinter ihr her. Als sie sich aufrichtete, schwankte sie. Ich packte sie am Arm und zog sie vorsichtig durchs Schultor nach draußen zu den Fahrradständern. »Setz dich erst mal.« Ricci ließ sich auf einen der Eisenbügel plumpsen.

»Geht schon wieder«, meinte sie, aber sie zitterte dabei.

»Quatsch.« Ich kramte in meinem Rucksack nach Taschentüchern und der Trinkflasche. Im Seitenfach fand ich noch einen angegammelten Streifen Kaugummi. Zusammen mit den Taschentüchern und der Trinkflasche hielt ich ihn ihr hin. »Ich bring dich nach Hause. Meine Mutter ist bestimmt noch da.«

Ricci spülte sich den Mund aus und schob sich den Kaugummi in den Mund. »Musst du nicht.« Sie wickelte sich in ihre Jacke. »Ich kann alleine fahren.« Sie versuchte aufzustehen, schaffte es aber nicht.

»Seh ich.« Ich zog sie hoch und legte meinen Arm um ihre Hüften.

»Kommt ihr klar?« Leon war zu uns rausgekommen. Wenn mich nicht alles täuschte, war er selbst plötzlich ein bisschen blass.

Ich nickte.

»Ich sag in der Schule Bescheid«, versprach Leon und machte ein paar Schritte rückwärts. »Gute Besserung, Ricci.«

Ricci hob nur kurz schlapp die Hand.

Dann machten wir uns auf den Weg. Als wir an der Ampel warten mussten, lehnte sich Ricci an mich. Ihr ganzer Körper schien auf einmal zu glühen.

»Reicht, wenn du mich zur Bahn bringst«, sagte sie.

»Zur Bahn? Zu welcher Bahn?«

»109.«

»Ich dachte, wir gehen zu mir? Meine Mutter ist in ihrem Büro und sie kann bestimmt ...«

»Ich will nach Hause, Mats.«

»Okay«, sagte ich, die Ampel sprang auf Grün und ich ging mit ihr über die Straße, bog nach links ab, zur Haltestelle. Dabei war nichts okay. Ricci war krank, und es fühlte sich absolut falsch an, dass sie auf einmal nach Hause wollte. »Ist bei dir daheim jemand?«, fragte ich. »Deine Mutter? Deine Tante?«

»Bestimmt«, meinte Ricci, aber ich war mir sicher, dass sie log. »Ich komm schon klar.«

Jede Wette nicht. Sie war schon wieder fast grün im Gesicht, und bei der Haltestelle fing Ricci prompt an zu würgen. Ich schob sie gerade noch rechtzeitig hinter das Wartehäuschen.

Als sie sich wieder aufrichtete, schluchzte sie. »Es tut mir leid, Mats. Ich bin einfach …«

Ich nahm sie in die Arme und wiegte sie ein bisschen. Dabei hielt ich die Luft an, denn Ricci stank ziemlich nach Erbrochenem. »Wir kriegen das schon hin.« Ich drückte sie an mich. »Wir sind genial, schon vergessen? Da werden wir doch locker mit ein bisschen Kotze …«

»Sag das nicht«, jammerte Ricci, »mir wird direkt wieder schlecht.«

»Sogar die Zeitung war heute Morgen vor der Schule«, lenkte ich sie ab.

»Echt?«

»Jap. Hab die Fotografin vom Lokalteil gesehen. Die macht sonst immer die Bilder vom Gemeindefest und Eine-Welt-Basar und so.«

»Cool«, murmelte Ricci und lehnte sich schwer an mich. Die Straßenbahn bog quietschend um die Ecke.

Ich schleppte Riccarda in die Bahn. Wir fuhren tatsächlich bis zur Viktoriastraße. Zum Glück war Ricci nicht mehr schlecht, aber beim Aussteigen bewegte sie sich langsam wie eine Oma.

»Den Rest schaffe ich alleine«, sagte sie und lehnte sich an den Mülleimer. Ihre Augen glänzten vom Fieber.

»Ich bring dich noch.«

»Du steckst dich nur an.«

»Hab ich mich doch wahrscheinlich eh schon.«

»Es ist nur da vorne rein, Mats.« Sie zeigte auf die nächste Straßenecke, kurz hinter der Toreinfahrt zum Trödelladen. »Außerdem kommt da hinten deine Bahn. Willst du etwa hier 20 Minuten auf die nächste warten?«

Darüber hatte ich ehrlich gesagt noch gar nicht nachgedacht. Ich schaute zur gegenüberliegenden Haltestelle, wo wieder zwei Männer mit ihren Plastiktüten saßen und Bier tranken. Ricci stieß sich vom Mülleimer ab. »Ich bin zwar nicht superfit, aber die paar Schritte schaffe ich schon.«

»Echt?«

»Klar.« Ricci lächelte erschöpft.

»Und du meldest dich?«

»Klar.« Sie wedelte mit der Hand. »Und jetzt mach voran.«

Auf der anderen Straßenseite hielt schon die Bahn. Also winkte ich Ricci kurz zu und rannte los. Ich stieg ein und drängelte mich zum Fenster.

Ricci war nur die paar Schritte bis zum Dönerladen gelaufen. Dort hatte sie sich auf einen der Plastikstühle auf dem Bürgersteig fallen lassen. Schnell quetschte ich mich wieder zurück auf die Straße, musste aber erst noch eine Oma vorlassen, die sich in Zeitlupe mit ihrem Rollator durch die Tür schob. Hinter der Bahn hatte sich der Verkehr gestaut und ein großer Laster versperrte mir die Sicht auf Ricci. Die Bahn klingelte und fuhr an. Der Laster rumpelte an mir vorbei. Als ich endlich wieder die andere Straßenseite sehen konnte, war Ricci natürlich schon verschwunden. Ich sprintete zum Dönerladen, dann an der Einfahrt zum Trödelladen vorbei und um die Ecke herum – keine Ricci. Anscheinend hatte sie die Wahrheit gesagt und es waren tatsächlich nur ein paar Schritte bis zu ihrer Wohnungstür.

Ein Stückchen die Straße runter war eine Bude. Ich beschloss, eine gemischte Tüte und neues Wasser zu kaufen. Bis zur nächsten Bahn hatte ich noch genug Zeit, und am Büdchen zu stehen war sicher besser als an dieser Haltestelle. Ich lief gerade an der ersten Hofdurchfahrt vorbei, da sah ich sie: Ricci hockte im Hinterhof vor einer Eingangstür, den Kopf auf den Knien abgelegt. Ich zögerte. Mir war klar, dass sie mich nicht hier haben wollte. Deshalb schlich ich ein paar Schritte zurück, lehnte mich an die Hauswand und spähte vorsichtig um die Ecke. Ricci stand auf, stützte sich an die Haustür, schloss auf und verschwand. Sie hatte vorhin also wirklich gelogen. Niemand war da, um ihr aufzumachen.

Vorsichtig schlich ich mich in den Hinterhof. Auf keinen Fall wollte ich dem Schieler begegnen, der ja bei ihr im Haus wohnte. An der Haustür betrachtete ich die Klingeln. An keiner stand »Wieschollek«. So hieß Ricci mit Nachnamen. War ja eigentlich logisch. Schließlich wohnte sie bei ihrer Tante. Nur, wie sollte ich jetzt reinkommen? Ich versuchte, durch die geriffelte Scheibe der Haustür etwas zu erkennen. Funktionierte natürlich nicht. Ich machte zwei

Schritte in den Hof und schaute an dem Haus hoch. Es hatte nur zwei Etagen. Vier Wohnungen. In keiner brannte Licht.

Plötzlich bewegte sich in der Wohnung unten rechts die Gardine, und das Fenster wurde aufgerissen. Das ging alles so schnell, dass ich noch nicht einmal daran dachte, wegzulaufen.

»Suchst du jemanden?« Der Schieler. Dieses Mal hatte er seine Kappe nicht auf, dafür aber eine Brille, durch die seine Augen größer und sein Schielen noch unheimlicher wurden.

Madame stand so abrupt vom Sofa auf, dass mein Magen kurz durchsackte. An eine Antwort war in tausend Jahren nicht zu denken.

»Lass mich raten.« Der Schieler grinste. Ich konnte sehen, dass auch mit seinen Zähnen etwas ganz und gar nicht in Ordnung war. »Du willst zu Riccarda, oder?«

Ich konnte ihn nur anstarren.

»Oben links. Ich mach dir auf.« Er verschwand vom Fenster.

Ganz kurz dachte ich daran, doch noch schnell abzuhauen. Aber Ricci war krank und alleine. Ich musste einfach nach ihr sehen. Also ging ich zur Haustür, und als der Öffner summte, drückte ich sie auf. Im Hausflur roch es nach kaltem Rauch und ein bisschen auch nach Müll. Die Tür zur Schieler-Wohnung blieb zum Glück zu. Ich huschte daran vorbei nach oben und klingelte. Einmal, zweimal, dreimal. Nichts. Ich legte mein Ohr an die Tür und lauschte. Nichts. Ricci musste da sein. Schließlich hatte ich sie reingehen sehen. Ich klopfte.

»Ricci?« Ich traute mich nicht, zu rufen. Trotzdem konnte sie es bestimmt auf der anderen Seite der Tür hören. Da war ich mir sicher. »Ich bin's. Mats. Geht's dir gut?«

Nichts.

Ich klopfte noch einmal. Lauschte noch einmal. Und da hörte ich endlich Schritte.

Keine Ahnung, was ich erwartet hatte. Aber auf keinen Fall, dass Ricci die Tür aufriss und sagte: »Verschwinde, Mats.«

»Musstest du noch mal brechen?«, fragte ich. Nicht besonders intelligent. Aber das war das Erste, was mir einfiel.

Sie verdrehte die Augen. »Alles gut, Mats.« Dabei war sie superbleich.

»Soll ich nicht warten, bis jemand kommt? Deine Mutter oder ...«

»Das kann dauern.« Immerhin log sie mich nicht mehr an.

»Warum kommst du dann nicht einfach mit zu mir?«

»Geht nicht.« Sie machte die Tür schon wieder ein Stückchen zu. »Ich muss wieder aufs Sofa.«

»Warum geht das nicht? Wir müssen doch einfach nur ...«

»Frag einfach deine Mutter.«

»Meine Mutter? Wieso ...«

Plötzlich weiteten sich Riccis Augen vor Schreck. Sie versuchte, die Tür zu schließen, aber der Schieler war schneller. Er schob mich zur Seite und hielt mit einem Arm die Tür auf. Ich hatte ihn überhaupt nicht kommen hören.

»Morgen bist du weg«, zischte er. »Mit deiner Mutter.«

»Ich bin nur ...«, fing Ricci an, aber der Schieler unterbrach sie: »Sag bloß nicht, du bist zu Besuch. Mich könnt ihr nicht mehr verarschen. Ihr wohnt hier schon über einen Monat. Zu viert. In einer Einzimmerwohnung. Das ist illegal! Il-le-gal! Wenn ihr morgen hier nicht raus seid, kündige ich deiner Tante, das schwör ich dir.«

Er ließ die Tür los, blieb aber noch ein paar Augenblicke wie angewachsen stehen und starrte Ricci mit seinem guten Auge an. Dann drehte er sich um und stampfte die Treppe nach unten.

Ricci schwankte und hielt sich an der Tür fest.

»Soll ich nicht vielleicht ...«

»Du sollst dich verpissen«, schrie Ricci plötzlich, und die Tränen stürzten ihr aus den Augen. »Ich hab dir gesagt, du sollst nicht mitkommen, aber du weißt natürlich mal wieder alles besser, du Klugscheißtante. Dabei hast du null Ahnung! Null!« Sie schmiss die Tür zu.

»Ricci?« Ich klingelte. Ich klopfte. »Ricci?«

»Mach endlich, dass du wegkommst!«, schrie da der Schieler von unten. Ein letztes Mal lauschte ich an der Tür. Nichts. Dann ging ich.

»Matea?« Meine Mutter drückte die Klinke meiner Zimmertür, aber ich hatte abgeschlossen.

»Geh weg!« Auf keinen Fall wollte ich mit meiner Mutter reden. Sie hatte irgendetwas Gemeines zu Ricci gesagt. Nur deshalb wollte Ricci nicht wieder mit zu mir. Und nur deshalb war vorhin alles so schrecklich schiefgegangen, so katastrophal, abnormal schief. Ricci hatte Recht: Ich hatte null Ahnung. Weil mir niemand irgendwas erzählte. Meine Mutter nicht. Aber Ricci auch nicht.

In meinem Kopf war ein einziges, wirres Knäuel aus Gedanken. Und in meinem Bauch hockte ein dumpfer Schmerz wie eine eklige, warzige, giftige Kröte.

»Ich stell dir die heiße Zitrone vor die Tür«, sagte meine Mutter von draußen, und ich musste schon wieder losheulen. Ricci saß krank in der Wohnung ihrer Tante und hatte niemanden und morgen musste sie dort weg, warum auch immer und wohin auch immer.

»Mama?«, fragte ich und atmete tief durch. »Kannst du Riccis Mutter anrufen? Ricci ist krank. Ich hab sie nach Hause gebracht, aber niemand war da.«

Stille. War meine Mutter schon wieder weg? Aber dann antwortete sie: »Natürlich.« Sie lief die Treppe runter.

Langsam stand ich auf, drehte den Schlüssel um und öffnete die Tür. Auf der Schwelle stand ein Tablett. Meine Mutter hatte mir nicht nur heiße Zitrone gebracht, sondern auch Schokokekse. Sah ziemlich nach Bestechungsversuch aus. Es funktionierte. Ich ließ die Tür offen, als ich mich mit dem Tablett aufs Bett setzte.

Es dauerte eine ganze Weile, bis meine Mutter wiederkam. Sie setzte sich zu mir aufs Bett.

»Was hast du zu Ricci gesagt?«, fragte ich.

»Was meinst du?«

»Du weißt genau, was ich meine.«

Meine Mutter seufzte nur und schwieg.

»Niemand erzählt mir was. Niemand.« Ich putzte mir die Nase.

»Ich erzähle nichts, weil ich denke, es ist eigentlich Riccis Sache. Ich hatte gehofft, sie redet mit dir.«

»Glaub nicht, dass die noch mal mit mir redet.« Schon das zu sagen, tat schrecklich weh.

»Okay?« Meine Mutter streichelte meinen Arm.

»Sie hat gesagt, ich soll dich fragen, warum sie nicht mehr zu uns kann.«

Meine Mutter zögerte.

»Also frag ich dich: Warum kann sie nicht mehr zu uns kommen?«

»Sie hat den Hund geklaut, Mats.«

»Nein! Das stimmt nicht! Das … Hat sie das zugegeben?«

Meine Mutter antwortete nicht. Sie drückte nur einmal kurz meinen Arm, dann streichelte sie mich weiter.

»Und deshalb hast du sie rausgeschmissen? Sie kann den Hund doch einfach zurückgeben.« Hundert Prozent hatte Ricci nicht gewusst, dass der so teuer war.

»Ich hab sie nicht rausgeschmissen, Matea. Ich habe sie vor die Wahl gestellt. Entweder sie gibt den Hund zurück und entschuldigt sich, oder sie geht.«

»Sie geht, Mama.«

»Weißt du doch nicht. Vielleicht kommt sie wieder.«

»Sie geht, Mama. Sie muss.« Ich dachte an Riccis entsetztes Gesicht, als plötzlich der Schieler hinter mir aufgetaucht war. »Sie hat keine Wohnung mehr. Und ich bin schuld.«

15. Tag ohne Ricci

Heute war das Päckchen gekommen. Es hatte nach der Schule auf meinem Schreibtisch gestanden. Kein Absender. Keine Briefmarke. Nur mein Name und eine Tonne Paketband drum rum. Und innen drin ungelogen zusammengeknüllte Werbezeitungen von einem ganzen Wohnblock.

Das Wichtigste aber war: Der hässliche Hund hatte die Reise gut überstanden.

Ich drehte ihn in meinen Händen hin und her.

Kraulte ihn hinter den Porzellan-Ohren. Starrte dem nackten Kind auf den Hintern. Aber nur kurz. Dann legte ich die Figur vorsichtig aufs Bett und zog den Brief aus dem Karton.

Er hatte oben auf den tausend Zeitungen und dem Hund gelegen, und ich hatte mich nicht getraut, ihn sofort zu lesen.

Ich setzte mich auf den Sitzsack und faltete das Blatt auseinander. Ein kleines Bild segelte in meinen Schoß. Ricci hatte ihren Gorilla mit Kuli auf einen Notizklotz-Zettel gezeichnet. Er angelte gerade den Hund aus dem Regal und Ricci hatte es irgendwie geschafft, dass der Gorilla ein bisschen aussah wie sie selbst. Ich drückte mich aus dem Sitzsack hoch, ging zur Pinnwand und hängte das Bild neben das von der häkelnden Madame.

Dann las ich den Brief.

Liebe Mats,
es tut mir leid. Alles.
Ich nehm manchmal was mit. Von Orten, die mir gefallen. Wo
ich gerne wohnen würde. So richtig. Ohne dass ich irgendwann
wieder wegmuss. Orte ohne Lärm und Streit und Dreck und
fremde, unbequeme Schlafcouches und Spanner.
Alles andere erkläre ich dir, wenn wir uns wiedersehen.
Versprochen.
Bis dann,
Ricci.

Eine ganze Weile starrte ich nur auf Madame und den Gorilla an meiner Pinnwand. Ich vermisste Ricci, und das tat
so weh, dass ich nur sitzen und gucken konnte. Okay, und
weinen.

Irgendwann packte ich den hässlichen Hund mit ungefähr
der Hälfte der Zeitungen zurück in den Karton. Heute war
Dienstag. Die Frauenhilfe traf sich im Café Kurtz. Ich schaute noch einmal auf die beiden Bilder. Auf die Krake, die häkelte. Auf den Gorilla, der den Hund klaute.

Dann steckte ich den Hunde-Karton in meine Tasche und
legte obendrauf noch eines der letzten Loose-Knäuel und
eine Häkelnadel.

Tja, und dann stand ich im Café Kurtz am Tisch der Frauenhilfe und alle starrten mich an.

»Ich hoffe, du bist gekommen, um dich zu entschuldigen«,
sagte die junge Loose.

Madame Schüchtern machte sich prompt noch ein bisschen größer. Klar machte sie das. Aber heute würde ich sie austricksen. Für Ricci.

»Sei nicht so streng«, sagte Gitta. »Außerdem muss nicht Matea sich entschuldigen, sondern ihre Freundin. Oder?«

Ich bückte mich, holte den Karton mit dem hässlichen Hund aus meinem Rucksack und stellte ihn vor der jungen Loose auf den Tisch.

Dann drehte ich mich um, marschierte ans andere Ende des Cafés, setzte mich dort an einen Tisch und wartete.

Die junge Loose machte den Karton auf. Sie holte meinen Zettel mit der Nachricht für sie heraus. Sie las ihn, faltete ihn wieder zusammen und legte ihn neben den Karton. Sie blieb sitzen und guckte noch nicht mal zu mir. Mist!

Ich kramte in meinem Rucksack nach der Häkelnadel und der Wolle. Schlug blitzschnell zwanzig, dreißig Maschen an. Madame ließ sich mit einem erleichterten Seufzer aufs Sofa fallen, holte aus ihrem Handarbeitskorb den kunterbunten, meterlangen, aber immer noch unfertigen Schal und fing an zu arbeiten.

Ich häkelte die erste Reihe (feste Maschen), häkelte die zweite Reihe (doppelte Stäbchen), häkelte die dritte Reihe (feste Maschen).

Und dann kam endlich die junge Loose. Sie zog einen Stuhl an meinem Tisch heraus und setzte sich.

Ich häkelte die vierte Reihe (doppelte Stäbchen).

Die junge Loose schwieg.

Die fünfte Reihe (feste Maschen).

»Ich hab dich schon reden gehört«, sagte die junge Loose.

»Mit meiner Mutter. In der Küche.« Sie räusperte sich. »Falls es das für dich einfacher macht.«

Ich starrte auf meine Häkelnadel. Machte zwei Umschläge. Holte Luft. Madame konzentrierte sich auf das komplizierte Muster ihres Schals. Ich zog den Faden durch die Umschläge. *Jetzt!*, dachte ich. Und sagte: »Macht es.«

Wir schwiegen wieder. Der Faden glitt weich durch meine Finger. Ich hatte ganz vergessen, dass die junge Loose selbst nicht besonders gerne redete. Fürs Reden hatte sie normalerweise Gitta. So wie ich Ricci.

»Ricci hat den Hund mitgenommen, um das Haus nicht zu vergessen«, sagte ich und begann mit der siebten Reihe.

»Das Haus nicht vergessen?«, fragte die junge Loose.

»Macht sie manchmal. Weil sie selbst keins hat.«

Achte Reihe.

»Was hat sie nicht? Ein Haus?«

»Nein. Ja.« Madame schaute von ihrem Schal auf. Aber ich zwang mich, weiterzuhäkeln und drei Mal Luft zu holen. »Hier. Lesen Sie.«

Ich schob ihr Riccis Brief über den Tisch. Keine Ahnung, ob das für Ricci in Ordnung war. Aber schließlich musste ich ja irgendwie ein paar Sachen für sie regeln.

Die junge Loose setzte ihre Brille auf, las, seufzte, setzte die Brille ab, nickte.

»Okay«, sagte sie. Und dann: »Und hat sie jetzt einen?«

»Was?«, fragte ich, ohne von meiner Reihe Stäbchen aufzugucken.

»Einen Ort, Matea. Wo sie wohnen kann. Und leben.«

»Nein«, sagte ich und häkelte noch ein bisschen schneller.

Die junge Loose schwieg. Bestimmt drei Reihen lang. Aber sie blieb sitzen.

Dann sagte sie: »Das Haus steht noch leer.«

»Genau«, sagte ich und merkte erst dann, dass ich aufgehört hatte zu häkeln.

»Genau«, wiederholte die junge Loose, stand auf, zwinkerte mir zu und ging zurück zum Frauenhilfe-Tisch.

Madame legte ihr Strickzeug weg und kramte mit vier Armen unter dem Sofa nach der nächsten Konfetti-Kanone.

16. Tag mit Ricci

Und dann war plötzlich Frühling. Es war erst sieben Uhr. Aber es war hell. Es war warm. Und der kleine Baum im Kirchgarten presste schon winzige Blättchen durch meine gehäkelten Schals. Ich lehnte meine Schultasche an seinen Stamm, kletterte in die Astgabel und durchtrennte vorsichtig die Fäden.

»Du warst das auch in der Schule, oder?«, sagte da plötzlich Charlotte. Sie stand unter dem Baum und schaute hoch zu mir. »Alle haben auf die Oberstufe getippt, aber ich wusste von Anfang an, dass du dabei warst. Und weißt du, warum?«

Ich zog den Faden aus dem letzten Schal. Er löste sich vom Ast und flatterte ins Gras.

»Die Blumen auf der Mütze. Du hast mir genau so welche mal zum Geburtstag geschenkt. Erinnerst du dich? Die Girlande?«

Ich antwortete nicht. Ich hatte keine Lust, jetzt einfach so zu tun, als sei alles wie immer und super. Nur weil Charlotte nach Wochen hier frühmorgens auftauchte.

Langsam kletterte ich vom Baum und packte meine Schere zurück in meinen Rucksack.

Charlotte legte mir die Hand auf den Arm. »Ich weiß, dass ich Mist gebaut habe.«

»Hast du.«

»Das tut mir leid.«

»Okay.« Ich richtete mich auf. »Und Fabienne?«

»Wie, Fabienne?« Charlotte strich sich über die Haare, kontrollierte ihr Zopfgummi.

»Fabienne eben. Du weißt, was ich meine.«

Charlotte schaute auf ihre Turnschuhe. Obwohl sie quer über die Wiese gelaufen war, waren sie noch ziemlich weiß.

»Also, Fabienne ist meine Freundin.«

»Ach, echt?« Ich schüttelte den Kopf.

»Und sie war bescheuert zu dir.«

»Ist, Charlotte. Sie ist bescheuert. Zu mir.« Ich bückte mich nach den Schals, die noch in der Wiese lagen. »Und vielleicht auch sonst.«

Charlotte nickte. »War klar, dass du das sagst. Du kennst sie ja gar nicht.«

»Will ich auch nicht.«

»Musst du ja auch nicht.«

Wir standen uns jetzt gegenüber und starrten uns an.

»Aber weißt du«, fing Charlotte wieder an, »Riccarda hat auch 'nen ziemlichen Knall.«

»Du hast keine Ahnung von Ricci.« Ich stopfte die Schals in das vordere Fach meines Rucksacks.

»Will ich auch gar nicht haben.« Charlotte schüttelte sich.

»Umso besser.«

Und dann standen wir da, guckten uns an und schwiegen. Dann fingen wir gleichzeitig an zu lachen.

»Ich glaub, wir spinnen alle irgendwie«, prustete Charlotte.

Ich dachte an Riccis Gorilla, an Madame, an Fabiennes schreckhaften Terrier und Charlottes Bisamratte und musste noch mehr lachen. Charlotte hatte definitiv Recht.

»Okay, also ...«, Charlotte holte einmal tief Luft, um sich zu beruhigen, »hab gehört, Riccarda kommt wieder?«

»Ja. Heute.« Ich schaute auf die Uhr. Schon halb acht. »Ich muss«, sagte ich zu Charlotte und lief los.

»Falsche Richtung!«, meinte Charlotte.

»Nee, genau richtig«, antwortete ich und lief weiter. Richtung Loose-Haus.

»Schreibst du mir, wenn du mal Zeit hast?«, rief Charlotte mir hinterher.

»Mach ich«, sagte ich, ohne mich umzudrehen oder stehenzubleiben. Ich hatte es schließlich eilig.

Gestern Abend war Ricci endlich ins Loose-Haus umgezogen, und sie hatte mir verboten, ihr zu helfen. Ich durfte nicht mal vorbeikommen. Alles Jammern und Quengeln hatte nichts genützt. »Morgen«, hatte Ricci am Telefon gesagt. »Ich brauch ein bisschen Zeit zum Einrichten.«

Als ich jetzt in die Straße vom Loose-Haus einbog, blieb ich abrupt stehen. Ich guckte. Und guckte nochmal. Und wechselte auf die gegenüberliegende Straßenseite, um das Haus besser sehen zu können.

Die Stulpen waren wieder da. Die alten, abgeblätterten Latten des Zauns leuchteten kunterbunt. Und nicht nur das. Auch die Klinke des Zauntörchens, der Briefkasten und das Fenstergitter an der Haustür waren umhäkelt.

»Wow«, flüsterte ich. Ein fetter Kloß saß in meinem Hals. Madame angelte schon nach den Taschentüchern.

Ricci musste stundenlang gehäkelt haben.

Wahrscheinlich hatte sie die Wochen im Frauenwohnheim nichts anderes gemacht.

Riccarda, die Kühne, die Starke.

Langsam ging ich die Straße runter auf das Haus zu. Mein Handy rappelte. Gleichzeitig ging die Haustür auf und Ricci kam raus. Ihre rote Strähne leuchtete in der Frühlingssonne.

Ich zog mein Handy aus der Hosentasche. Ich hatte eine Sprachnachricht von Ricci.

Sprachnachrichten am 16. Tag mit Ricci

Ricci, 7:32

Wo bleibst du??

Matea, 7:33

Bin auf dem Weg. Aber so was von

Alles auf Anfang

Anne Becker

Die beste Bahn meines Lebens

Roman

Mit Vignetten von Eva Dietrich
Gebunden, 176 Seiten (75457)
Taschenbuch (81255)
E-Book (74973)

Jan ist ein stinknormaler Typ, der super schwimmt und gut durchs Leben kommt. Doch in seiner neuen Klasse taucht ein altes Problem auf: Er hat Schwierigkeiten mit dem Lesen. Flo wohnt im Haus nebenan, kleidet sich wie ein Hippie und hält Hühner. Ereignisse und Begegnungen, die sie bewegen, hält sie in Infografiken fest. Auch Jan kommt darin vor. Doch bis sie gute Freunde werden, muss Jan der Klasse die Sache mit dem Lesen verraten, den fiesen Linus von Flo weghalten und ganz nebenbei: schwimmen, denn sein Trainer hält ihn für ein Riesentalent.

»Manchmal stimmt einfach alles an einem Roman, in ›Die beste Bahn meines Lebens‹ ist das so.« *DIE ZEIT*

Die besten 7 Bücher für junge Leser

www.beltz.de **BELTZ & Gelberg**

Das ist unsere Geschichte.

Lena Hach

Fred und ich

Roman

Gebunden, 96 Seiten (75719)
E-Book (75729)

Das erste Mal sehen sich Anni und Fred in einem Café. Das
zweite Mal nur eine halbe Stunde später an einem zugefrorenen
See, in dem Anni morgens heimlich badet. Schon am nächsten
Morgen taucht Fred mit ihr ins eiskalte Wasser. Die beiden
nähern sich an, behutsam, und Anni erfährt, dass Fred trans ist.
Auf einmal braucht es neue Wörter, weil die alten falsch oder
verletzend sein können. Ein sensibler, lebensbejahender Roman
über die erste Liebe, in der sich alles neu und wunderschön
anfühlt.

www.beltz.de

»Oder ist Lügen einfach nur träumen, wie es auch gewesen sein könnte?«

Stefanie Höfler

Feuerwanzen lügen nicht

Roman

Gebunden, 234 Seiten (75683)
E-Book (75684)

Mischa findet die Sprüche seines besten Freundes Nits super.
Der bewundert den rundum talentierten Mischa, weil er tausend
Tatsachen über Tiere weiß. Nits hätte Mischa bedingungslos
alles geglaubt, bis er über immer mehr Lügen stolpert und
erfährt, dass hinter alldem ganz andere Wahrheiten stecken –
fatale Familiengeheimnisse, von denen nicht mal Mischas kleine
Schwester Amy etwas ahnt. Aber wie kann es sein, dass er all das
nicht gesehen hat!?

www.beltz.de